PARIS, MILLE VIES

ISBN 978-2-330-18386-8

LAURENT GAUDÉ

PARIS, MILLE VIES

récit

BABEL

Puisses-tu ne jamais oublier ceux
qui meurent sur tes pavés
Comme ceux qui s'embrassent sur
tes bancs…

I

Je ne sais pas depuis combien de temps cette nuit m'attendait. Je suis sorti de la gare Montparnasse. Tout semblait normal. Les gens allaient, venaient, se croisaient avec indifférence. La ville était encore bruyante et peuplée. J'étais heureux de retrouver Paris. La lumière de juillet était douce. Le soleil venait de passer sous la ligne des toits et embrasait le haut des immeubles d'une dernière lueur chaude et rasante. J'ai laissé toute cette vie m'envahir et j'ai avancé. Je pensais encore, à cet instant, pouvoir me fondre dans la foule.

C'est sur le parvis que j'ai entendu sa voix. Instinctivement, mon corps s'est raidi. J'ai senti que c'était à moi qu'il s'adressait. J'ai relevé la tête. Un homme était là, à une dizaine de mètres, et ne me quittait pas des yeux. J'ai accéléré le pas, pressé d'échapper à son regard. Je ne sais pas s'il attendait depuis longtemps la personne à laquelle il avait envie de destiner sa question ou s'il la posait à chacun de ceux qui passaient, mais il était là, torse nu, avec une veste en cuir sale dont il avait remonté les manches, pieds nus, la démarche traînante, le visage maigre. Il me regardait, avec sa barbe en broussaille, ses cheveux longs, et sa voix répétait : "Qui es-tu, toi ?… Qui es-tu ?" Il marchait étrangement, faisant des pas de côté, avec nervosité. Le parvis de la gare s'est effacé en un instant. C'était comme s'il n'y avait plus que moi sous son regard "Qui es-tu, tu le sais, ça ?…" La question, c'est elle, je pense, qui m'a empêché de poursuivre mon chemin. Je me suis figé. Je l'ai laissé s'approcher, sans savoir ce qu'il adviendrait. Je crois que je l'ai reconnu… Au fond, c'est peut-être cela : cet homme, dépenaillé, hirsute, qui n'était pas agressif mais pressant, qui a levé la main au ciel (et ce geste m'a soulagé parce que cela signifiait qu'il convoquait les astres à notre face-à-face, qu'il invitait les esprits et les ombres à écouter ma réponse et que ce n'était donc pas un homme qui voulait arracher quelque chose à cette soirée, une pièce, une insulte, une bagarre, n'importe quoi pourvu que la nuit ne l'enveloppe pas avec ennui, non, c'était autre chose, il demandait aux étoiles d'écouter sa question), cet homme que je n'avais jamais vu, j'ai été tout à coup sûr de le reconnaître. "Et vous tous, qui marchez, là, sans vous arrêter…" il continuait, élargissait sa question, et c'était comme s'il desserrait son étreinte puisqu'il m'incluait dans un cercle plus large, "Qui vous regarde ?... Qui vous donne un nom ?" Il parlait fort, maintenant, tournait la tête à la cantonade en essayant d'accrocher quelques regards, "Vous n'avez pas de nom... Qui êtes-vous ?" Je ne savais pas à cet instant ce qui allait me permettre de rompre ce face-à-face. Il n'était plus très loin, se rapprochait encore... Nous étions si proches l'un de l'autre qu'il pouvait me toucher du bout des doigts s'il le voulait... Mais c'est alors qu'il s'est produit le plus singulier : il a fait encore un pas, puis deux, et il m'a traversé. Je veux dire qu'il m'a frôlé, épaule contre épaule, et a poursuivi son chemin comme si je m'étais trompé, comme si, pendant tout ce temps, il avait regardé un autre homme juste derrière moi.

"Qui es-tu, toi ?..." Il me tourne le dos maintenant et me laisse retourner à ma vie. Je retrouve le parvis de la gare autour de moi, les hommes et les femmes qui vont et viennent, indifférents à ce que je viens de vivre, et pourtant, je ne peux plus bouger... "Qui es-tu, toi ?..." Je n'arrive pas à me débarrasser de sa question. Je reprends lentement ma marche, mais c'est comme s'il continuait de me la poser. Et pourtant, il est parti. Cela n'a duré que quelques secondes. Nous n'avons été que deux hommes qui se croisent dans une ville immense, deux hommes au milieu de centaines de milliers de vies qui vont, viennent, s'agitent, parlent, rient, souffrent, espèrent… Il est parti en me donnant probablement la seule chose qu'il possédait, sa question, et je réalise que jamais personne ne me l'avait posée, que jamais, donc, je n'ai eu à y répondre, et c'est probablement ce qui m'a fait supposer que la réponse était évidente, qu'il suffisait d'énoncer son âge ou sa profession, d'avancer que l'on est marié ou pas, père ou pas, tous ces attributs qui nous définissent, alors que maintenant, soudain, en essayant de convoquer quelque chose en mon esprit, je prends conscience que je ne trouve rien, ou plutôt trop, bien trop de choses, de souvenirs, de définitions possibles, superposables, et je me dis alors que la vie a passé. Oui, j'ai vécu, tant vécu déjà, malgré un âge qui n'est communément que celui du milieu de la vie, que le trouble s'empare de moi et je sais qu'il faut que je m'y abandonne, je sais que cet homme était un dieu des carrefours, né de mes voyages, un Papa Legba de Port-au-Prince ou le personnage, peut-être, de mes origines. Onysos le furieux, oui, c'est cela. C'est pour cela que je l'ai reconnu… Il en a tous les attributs : la violente beauté, la nudité souveraine et la crasse solaire. Onysos, je réentends sa voix, celle que j'ai écrite en dix jours il y a vingt ans, sur les banquettes d'un café du boulevard du Montparnasse. "Tu n'as pas besoin de prétexte pour venir t'asseoir à côté de moi, ces sièges sont publics et personne ne peut prétendre avoir réservé cette place que tu convoites…", Onysos, c'est peut-être lui, mais si c'est le cas, que vient-il m'annoncer ?

La jeunesse est là, aux terrasses des cafés du boulevard Edgard-Quinet. Je la vois. Elle a envie de vivre plus vite, plus fort, de faire résonner l'instant avec fracas, et je ne suis plus tout à fait avec eux. Ils sont si nombreux, tous ces jeunes gens. J'ai longtemps été l'un d'eux et j'aimais, moi aussi, me glisser dans les longues nuits de Paris. Soirées de vin, de bière et de rires. Soirées d'irrévérence et de promesses que l'on se fait à soi et aux autres de toujours garder grand appétit du monde. J'ai eu, moi aussi, cet âge-là et nous avons dévoré ces années en nous léchant les doigts pour ne rien en perdre. Je les regarde. Rien n'a changé. Les mains se frôlent, les cigarettes se fument. Il y a des rires un peu forcés, des éclats de voix, des œillades plus discrètes. Dans tout Paris, des milliers, des dizaines de milliers de jeunes gens discutent, trinquent et font joyeusement du bruit. Tant de vies sont là, sous mes yeux, tant d'existences : ceux venus de province, ceux qui sont en train de passer leurs examens, ceux qui hésitent, ont peur, viennent de tomber amoureux, cherchent un petit boulot pour l'été. Tous ces rêves de métier, de voyages, d'amour, toutes ces adresses échangées, ces messages envoyés, comme chaque fois, pour faire vibrer la vie. Je les contemple, mais je suis déjà ailleurs. Et eux ne me voient plus. Peut-être est-il temps de m'éloigner et de tout saluer pour la dernière fois ?

J'ai le sentiment que quelque chose gronde et m'appelle, quelque chose que je ne vois pas encore mais qui pousse. La foule continue d'aller et venir mais, dans le creux de ce qui est apparent, je sens les rues vivre. Cela bruisse et gonfle. Tout continue en surface mais j'ai la sensation étrange de me décoller de la vie et du jour. Comme si je m'éloignais du monde et de son agitation. L'homme du parvis n'a pas disparu. Il est devant moi, un peu plus loin. On dirait qu'il m'attend. C'est à cet instant que je comprends que cette rencontre n'est pas un hasard et que cet homme n'est pas un égaré. C'est une invitation. L'après-midi s'achève mais quelque chose commence. Tous les bruits de la ville s'estompent autour de moi. Je suis loin, touché par une autre rumeur qui croît et m'envahit. Je sens qu'il faut la laisser monter et accepter de m'enfoncer dans cette nuit nouvelle. Oui. Que ce qui gronde prenne maintenant toute la place.

L'homme du parvis m'attend. Je le regarde et une idée étrange s'impose à moi : et s'il n'était pas d'ici, pas de notre temps. S'il venait de plus loin, connaissait Paris depuis plus longtemps… C'est le marcheur. Oui. C'est cela, j'en suis certain. Celui qui arpente les rues et les époques. Il a tout traversé et s'est débarrassé de son âge. Mais pourquoi me veut-il avec lui ? Qu'attend-il de moi ? Tant de vies sont passées devant lui, tant d'existences qui se sont pressées, puis ont disparu pour faire place à d'autres. Les époques ne le contraignent pas. Il les enjambe ou les laisse simplement le traverser. À moins qu'il ne les voie toutes en même temps, superposées les unes aux autres. Est-ce que je deviens fou ? Je n'entends presque plus la rumeur des terrasses. Elle est remplacée par une musique qui résonne en mon esprit, lointaine d'abord, puis de plus en plus forte. Au début, ce ne sont que quelques notes timides, puis des coups de violon plus forts, secs et nerveux… Je reconnais cet air. C'est Saint-Saëns et sa danse macabre. Il m'appelle. Il est enterré ici, à quelques centaines de mètres, de l'autre côté des hauts murs du cimetière du Montparnasse. Les morts sont couchés côte à côte et le temps n'a plus d'importance. Là-bas, c'est fouillis d'époques et grand empilement des siècles. Tout se mêle. Les morts se côtoient. C'est peut-être cela qui naît en cette nuit ? La disparition des cloisons et le grand réveil de tout ce qui vécut. Saint-Saëns joue. Je l'entends de plus en plus nettement. Il me presse de dire adieu à la jeunesse. La sarabande commence et je sens bien qu'il n'est plus possible de m'y soustraire.

II

“Aux morts !… Allez !” La voix de l’ombre m’appelle avec véhémence et m’interdit toute hésitation. Comme s’il sentait ma réticence et voulait la forcer. “Allez !…” Est-ce bien à moi qu’il parle ? “Aux morts !…” Je sens que oui. Et je ne peux que le suivre. Voyant que j’obtempère, il reprend immédiatement sa marche. De quels morts parle-t-il ? J’ai la sensation que je ne suis plus ce que je croyais être, que j’ai une fonction dont j’ignore tout mais que lui, peut-être, a reconnue en moi. Et pourtant, malgré mes doutes et mes craintes, je suis aimanté. Il faut suivre l’ombre jusqu’à comprendre ce qu’elle est et ce qu’elle veut. La nuit se dilate. Tout est à la fois plus ample et plus précis… C’est là que je remarque pour la première fois la sciure sur le trottoir entre lui et moi. Comme si elle tombait de ses poches ou comme s’il la suivait parce qu’elle lui indique le chemin. Cela me glace. Une longue traînée de sciure ocre. Il n’y a plus de doute. “Aux morts !" C'est bien là que nous allons : à l'endroit de la chute.

Nous nous engouffrons dans la rue Émile-Richard, longue comme un exil et toujours battue par un vent pénétrant. Cette rue étroite qui passe entre les deux parties du cimetière du Montparnasse, bordée de platanes, m'a toujours donné l'impression de séparer deux mondes. Aujourd'hui, c'est plus vrai que jamais : je replonge dans le lointain. Ma mémoire remue, s'agite, sent bien que je vais au-devant de ma douleur. La rue Liancourt m'attend, avec son nid de souvenirs agglutinés comme des mouches sur une dépouille. Comment l'ombre sait-elle que cette rue fait partie de ma vie ? Qu'un peu de moi est mort ici ? Elle continue d'avancer et, sur le trottoir, il y a toujours ce mince filet de sciure ocre. J'ai l'impression de suivre un prêtre vaudou qui renverse du rhum sur le sol pour ouvrir un chemin. Arrivés au croisement de la rue Gassendi et de la rue Liancourt, nous tournons à gauche et, malgré mes réticences, je revois tout. Je pense alors au famadihana, cette cérémonie du retournement des morts à Madagascar durant laquelle les vivants déterrent leurs défunts pour nettoyer leurs os, changer leur linceul, leur faire parcourir à nouveau le monde sur leurs épaules au milieu des chants et des cris, puis les remettre en terre. Est-ce cela que l'on attend de moi ? Que je retourne mes morts ? L'ombre m'invite à la tombe pour que je retrouve le passé, le serre dans mes bras, le presse sur mes lèvres, l'anime de mes mots, le fasse vivre puis le repose doucement. Est-ce cela ? Aux morts ! Pour que tout revive…

Alors il faut parler. "Parle !", me crie l'ombre. "Parle !" Et je le fais. Mon père est là, paisible en son dernier jour, dans son bureau du sixième étage. Au moment où je dis les choses, elles apparaissent. Je le revois. Parle ! Il faut sortir le cercueil puis l'ouvrir avec les mains ou les mots, peu importe… Parle ! Tout complote pour qu'aujourd'hui soit le jour de sa mort mais il ne le sait pas encore. L'instant de la chute approche. Rien ne peut plus l'empêcher. C'est la convergence du malheur qui exclut tous les autres possibles, tout ce qui pourrait venir au secours d'un destin. Mon père pourrait décider de ne pas aller à son bureau, de rester chez lui. Tout pourrait être différent de mille façons, de mille variations. Mais non, le malheur a faim. Alors mon père fait tout ce qui va le conduire à sa perte : il se rend à son bureau, travaille sur un article, termine un paragraphe qu'il achève par ces mots : "tableaux vivants" – ce qui signifie que "vivants" aura été le dernier mot écrit par sa main et cela me tord le cœur chaque fois que j'y pense. Parle ! Continue ! Il faut dérouler les minutes les unes après les autres ! Alors, je le fais, je continue et dis que mon père décide de faire une pause. Il doit penser que c'est le moment de régler ce problème de volet sur le balcon. Et là encore, il y a mille autres possibilités : continuer à écrire, descendre dans la rue pour boire un café, téléphoner à un ami, ouvrir un livre, toute autre chose qui l'aurait sauvé, mais non, la mort a faim. Il va prendre un marteau, déplie l'escabeau. La chute attend, impatiente. Elle sent que c'est pour bientôt. Parle ! Il monte sur l'escabeau. Là, sur ce tout petit balcon au sixième étage de la rue Liancourt. Il est très au-dessus du garde-corps – et déjà, c'est une erreur manifeste d'installer un escabeau sur un balcon aussi étroit. Mais une fois que les choses sont arrivées, à relire l'enchaînement qui mène à leur triste conclusion, il est toujours évident que cela pouvait ne pas être, qu'il était si simple d'être plus prudent, de voir le danger, de le nommer et de l'écarter. Mais rien n'y fait : mon père monte sur l'escabeau. La chute sait que c'est imminent, qu'elle n'a plus que quelques secondes à attendre. Il est perché sur les dernières marches et peut-être regarde-t-il en bas une fraction de seconde. Jamais il n'a eu le vertige et c'est cela qui le tue ce jour-là, car il n'a pas la prudence de la peur… Et pourtant, il racontait avoir été assailli durant toute son enfance par le même cauchemar récurrent : il marchait sur le viaduc de Chaumont, sa ville natale. Il sentait qu'il allait tomber, voyait le moment approcher et, au lieu de rebrousser chemin, au lieu de redoubler de prudence, il continuait à avancer et, invariablement, il tombait. La chute, déjà, était en lui. Est-il possible que ce soit l'empreinte de son destin, déposée dans l'enfant qu'il était comme une vieille prophétie grecque que l'on croit déjouer et qui se présente implacable : "Tu mourras en tombant." ? La chute approche. Parle encore ! Mille gestes minuscules pourraient le sauver : un appui plus sûr, le réflexe d'une main qui s'agrippe à la rambarde, sauter sur le balcon plutôt que de basculer dans le vide… Mais non, il tombe. Continue ! Il y a encore à dire ! Il faut sortir le squelette de son linceul, le porter sur son épaule, chanter et danser tout le long du chemin. Sait-il qu'il tombe, qu'il ne se rattrapera pas, ne reverra plus jamais sa femme et ses enfants ?… Sait-il que la vie s'arrête là, dans ces secondes longues qui le séparent du trottoir de la rue Liancourt ? Toute une vie s'achève avec la brutalité du malheur et l'atroce stupidité de l'accident. En quelques secondes, la chute l'emmène et le perd. Je dis tout, revois tout. Je suis sur le trottoir où il est tombé et je repense à ce vers de Frankétienne qui me hante : "Que ta chute devienne ton cheval pour continuer le voyage." Mais le cheval n'est pas venu, ne l'a sauvé de rien – à moins qu'il ne l'ait chevauché, justement, pour partir et disparaître, continuer le voyage autrement, loin de nous et de toute la vie qu'il devait mener avec nous. La mauvaise heure l'a pris. À moins que ce ne soit cette vieille prophétie d'enfant qu'il portait au fond de lui, depuis sa naissance à Chaumont, "Tu mourras en tombant", inscrite en lui comme une identité. Et puis, la chute finit par s'achever avec le bruit effrayant d'une vie qui se fracasse contre le pavé. Tout le reste, ensuite, l'inquiétude, l'agitation des vivants, ne peut que mener à l'endroit de l'impact où il ne reste qu'un tas de sciure rouge. La sciure. Je la revois. Est-ce l'ombre, devant moi, qui en a répandu sur le trottoir ou est-ce ma mémoire qui joue avec mon esprit en superposant deux temps différents ? Tout m'habite à nouveau : la béance de celui qui perd en quelques secondes un des visages aimés de sa vie, la colère face à ces secondes qui se sont agencées avec la minutie du malheur. Le hasard a eu envie d'être inéluctable et il est devenu malchance. C'est arrivé. Tout aurait pu se passer autrement, prendre une autre voie, mais c'est arrivé. Voilà. J'ai parlé. Mon père est là à nouveau. J'ai tout dit et il saigne sur ce trottoir, joue collée au sol, se vidant de son sang sur l'asphalte de Paris.

"Aux morts ! Allez !" L'ombre me sort de mon immobilité. J'ai tout dit et je suis épuisé. Je voudrais partir maintenant mais je sens que ça ne suffit pas. Rien n'est fini. Je ne porte pas mon père sur les épaules mais il est là, en mon esprit, sur mes lèvres, et je l'emmène. Il faut danser, crier, le faire revenir dans les rues de Paris avant de le déposer à nouveau. Est-ce cela que l'ombre attend de moi ? Pourquoi veille-t-elle tant à ce que je m'acquitte de cette tâche ? Les morts appellent et l'ombre les entend. Est-elle là pour nous rappeler que des vibrations invisibles traversent nos existences ? Ce n'est que le début. Ce qui vient est plus vaste. Un voyage commence dans cette nuit et peut-être fallait-il simplement que je prenne appui sur mon père.

Je sens la poussée à nouveau. Plus forte encore que devant la gare. Paris vibre, remue. Je ne peux plus rester en place. Je maudis cette rue que j'ai toujours trouvée laide. Je maudis ces trottoirs qui ont disloqué mon père. Il n'y a plus rien ici que de la douleur sédimentée. Je m'en éloigne à grands pas. Je marche jusqu'au bout de la rue, tourne avec soulagement dans la rue Boulard de mon enfance et respire à nouveau. À chaque seconde, je mets un peu plus de distance entre moi et l'impact. À chaque seconde, quelque chose me fait sentir que cette nuit va être peuplée et que le souvenir de ma douleur n'est rien d'autre qu'une sorte de geste inaugural qui va libérer tout ce qui se presse autour de moi. C'est l'heure de l'invisible et des mots. Alors, entre mes dents serrées, je m'entends dire avec un ton de fièvre : "Et maintenant qu'apparaisse tout ce qui gronde !"

III

La ville s'est vidée d'un coup. Arrivé rue Daguerre, je m'en aperçois. Il n'y a plus de passants. Les rues ne sont plus que de longues perspectives fuyantes et silencieuses. Où sont les hommes ? Que se passe-t-il ? Je deviens fou. M'ont-ils laissé seul ? Plus de voiture sur l'avenue du Général-Leclerc, plus de foule pressée. Les bruits quotidiens qui font d'ordinaire la voix des villes se sont éteints. Est-ce que tout est déserté ou est-ce moi qui suis passé de l'autre côté du monde ? Je ne sais pas où je vais. J'ai le sentiment que cela n'a pas d'importance, que l'essentiel est de marcher et laisser Paris m'envahir. Je traverse la place Denfert-Rochereau comme je l'ai fait des milliers de fois dans ma vie, m'apprêtant à descendre en direction du boulevard Saint-Michel. À ma gauche, je dépasse le bâtiment qui fut, pendant l'occupation, le siège secret de la Résistance. Et cela me semble plus vrai, plus dense que tout ce qui m'entoure. Je sens la vibration sous mes pieds. Ici, des hommes se sont cachés.

Ils étaient là, en sous-sol, autour de Rol-Tanguy, préparant patiemment l'insurrection, tandis que l'occupant battait le pavé. Ils complotaient sous terre et attendaient leur heure. Je les sens. L'air est doux. Je prends le temps de penser à eux. Est-ce que toutes ces scènes passées vont vivre à nouveau si je les laisse se déployer en moi ? De quelle nature sera cette vie ? Je n'ai pas de réponse à ces questions mais je sens que c'est à cela qu'il faut s'ouvrir.

J'ai cru que le retournement des morts ne concernait que mon père mais c'est toute une ville qui m'appelle. Il faut marcher. Aller d'un point à un autre et me laisser envahir par les ombres qui réclament d'être pensées et dites. Leur évocation est leur seule consolation. Elles viennent, je le sens. À chaque pas que je fais, les images affluent, les époques se chevauchent. C'est comme si elles attendaient quelqu'un depuis longtemps. Venez ! Venez ! Tout se mêle. À Port-Royal, je pense au bal Bullier, qui faisait danser tout Montparnasse. Mais aussi à Rilke, qui arpentait inlassablement le boulevard en ne voyant partout qu'un peuple d'aliénés. Venez ! Paris s'est vidée d'un coup pour vous laisser toute la place. Venez ! Le maréchal Ney continue, sabre au clair, à vouloir allonger la longue liste de ses victoires malgré son immobilité de statue. Venez ! Est-ce cela qui s'est ouvert durant cette nuit : les cloisons du temps ? Je poursuis et descends doucement vers la Seine et soudain, je m'arrête. La première plaque apparaît. Je la contemple et je lis : "Ici est tombé le 25 août 1944 le soldat Revers Jean de la division Leclerc." Je ne bouge plus. Tout est calme et silencieux autour de moi. Je regarde ce trottoir et j'entends les coups de feu qui ont claqué durant ces heures de combat. Là où je marche, des hommes se sont effondrés. Dix mètres plus loin, une autre plaque indique la mort du lieutenant Martinet le même jour. Ont-ils été soufflés par la même grenade ? Tués par la même rafale ? Je vois la colonne avancer sur l'avenue puis s'immobiliser, prise sous les tirs nourris de l'ennemi. Des hommes sont morts en une seconde. Ceux qui les entouraient ont instinctivement rentré la tête dans les épaules mais, pour celui que la balle venait de transpercer, c'était déjà la plainte, le sang qui coule et la vue qui se brouille. On a appelé en hurlant des brancards qui ne venaient pas, ou pas assez vite… On s'est replié pour se mettre à l'abri. Les plus aguerris ont cherché à voir d'où provenaient les tirs. Mais tout était confus. J'entends les ordres, les cris, le sifflement des balles. J'entends Paris qui a faim de liberté mais avance à pas lent. Chaque croisement est un piège. Chaque course, chaque traversée de boulevard à découvert est un dé jeté pour la vie.

Tout renaît par le pouvoir des mots. Depuis des jours, les jeunes gens scrutent le ciel avec impatience. La chaleur écrasante les empêche de dormir… "Quelque chose attend dans l'air, disent-ils, quelque chose qui gonfle et ne va pas tarder à craquer." Ils essaient de ne pas laisser voir leur impatience à l'occupant. Ils font mine de suivre le cours de leur vie normale. Cela fait des années qu'ils ont appris à ne rien dire, à baisser la tête lorsqu'ils passent devant un officier allemand pour ne rien laisser paraître. Cela fait des années qu'ils attendent. Mais bientôt, tout va craquer, il n'y a plus de doute. Les Allemands sentent que ce silence, dans les rues, n'en est pas un, qu'il est faux, et cela les inquiète. Alors, ils donnent l'ordre de désarmer certains commissariats sans se rendre compte que c'est ce geste qui précipite tout. Ils viennent de provoquer la colère qui mènera au grand craquement. Dès le lendemain, c'est la grève générale. Paris se vide pour offrir à l'occupant un visage lisse de refus. Les rideaux de fer sont tirés. Il n'y a plus personne dans les rues. Des jeunes gens, encore, parfois, descendent à vélo les grandes avenues, ivres de pouvoir le faire à toute vitesse, je les vois, mais ils sont peu nombreux, car c'est dangereux. Tout est dangereux. Oui, je le sens : Paris retient son souffle, devinant que l'Histoire va avancer d'un coup, que tout va s'accélérer – ce qui veut dire : sang, cris, vies perdues, courses dans les rues, ce qui veut dire urgence et inattendu, comme toujours lorsque l'Histoire se réveille. Il faudra faire vite, avoir de la chance, garder son sang-froid. Tous les jeunes gens qui sont dans les comités de résistance ont hâte, ont peur, regardent le ciel, attendent des nouvelles, ont du mal à s'endormir, craignent de ne pas être à la hauteur, se demandent ce qui sera demain, ce qui ne sera plus, et la réponse court finalement de rue en rue, le 19 août, à sept heures du matin, se répandant partout : ce qui sera, c'est l'affrontement. Deux mille policiers français se regroupent sur le parvis de Notre-Dame et entrent dans la Préfecture. Ils ouvrent la porte, traversent la cour, montent l'escalier quatre à quatre et prennent possession des lieux. Deux mille policiers qui hissent le drapeau français sur le toit et donnent le départ d'une accélération qui va se répandre partout. Alors, les jeunes gens qui attendaient leur heure comprennent que le jour qui vient de se lever est celui qu'ils espéraient. C'est maintenant. Il n'est plus question d'avoir peur, de réfléchir ou d'hésiter. C'est maintenant.

On se bat. Ça y est. J'en vois la trace sur les murs du boulevard Saint-Michel. Les armes ne sont pas nombreuses mais elles circulent de mains en mains. Paris reprend possession de ses rues. On montre du doigt les postes tenus par les Allemands. On informe des allées et venues des chars ennemis. On dresse des barricades. Coups de feu. Explosions. Paris gronde et sursaute. Tout s'agite et court. On s'appelle d'un trottoir à l'autre. La jeunesse est à son affaire. Elle a envie de pousser, de pousser toujours plus fort pour faire tomber l'ennemi. Je descends le boulevard Saint-Michel et je ne vois plus rien d'autre que cette agitation des combats. Je laisse glisser ma main sur les impacts du mur de l'École des mines et c'est comme de toucher du bout des doigts ces journées d'été où on espère la Libération, où on court, plié en deux pour offrir moins de prise à l'œil des tireurs. Il fait chaud. Les jeunes gens sont en marcel ou en bras de chemise, avec leur fusil à l'épaule. Cela leur donne des airs crânes. C'est maintenant que tout se joue. On échange des coups de feu d'un bâtiment à l'autre, d'un trottoir à l'autre. La division Leclerc est arrivée. Elle roule de la porte d'Orléans à la Seine mais le jardin du Luxembourg résiste. Les Allemands sont retranchés dans le palais du Sénat et, aux abords des grilles du jardin, les accrochages sont violents. Je les entends. Ils sont si près. Ici est tombé le spahi Pierre Bounin de la division Leclerc. Quelques mètres plus loin, c'est Jean Montvallier-Boulogne, mort à vingt-quatre ans. Je vois son nom sur le mur de l'École des mines. Et plus loin encore, sur le trottoir d'en face : André Lozet, qui n'avait que vingt ans, et Jean Bachelet, jeune FFI de trente-trois ans. Ils sont six, tous plus jeunes que l'homme que je suis aujourd'hui, tous morts le même jour sur ce tronçon de quatre cents mètres d'avenue que je ne mets que quelques minutes à parcourir. Chaque pas était une victoire sur le sang, en ce jour de combat, et la rue Soufflot devait sembler bien lointaine. Est-ce que, eux aussi, attendent de moi que je dise leur nom et les retourne en leur mort ? Que je les fasse remonter au milieu des vivants pour prendre soin de ce qu'ils furent ? Est-ce que la consolation du monde exige l'attention des vivants aux disparus ? Les Allemands tiennent encore, ici et là. Au Majestic, au Sénat. Tout n'est que courses et combats, ordres criés, rues vides et silhouettes rapides. Paris est tendue. Qui sait comment cela tournera ? Les balles ricochent sur les façades, font des bruits de fusées traçantes et des jeunes gens tombent, chemise tachée, regard voilé. On meurt en été, dans cette ville qu'on ne verra pas libérée et dans laquelle d'autres, plus tard, viendront vivre, se promener, s'asseoir. D'autres, oui, viendront sur les bancs du Luxembourg, à l'ombre de la statue de Verlaine, dans ce jardin paisible. Tant de petits Parisiens ont fait leurs premiers pas ici. Tant d'enfants ont tenté d'attraper les anneaux en bois du manège, ont poussé les bateaux à voile sur le grand bassin, en essayant de ne pas tomber dans l'eau ni de perdre le précieux bâton. Tant d'entre nous ont vécu ici, libres, légers, s'accoudant peut-être contre ces mêmes murs le long desquels les corps des combattants blessés se laissaient glisser sans force, sentant la vie s'échapper d'eux, trouvant injuste de mourir par une si belle journée, dans une si belle ville, si près de la victoire… Ils sont là, tous, à l'endroit de leurs noms gravés dans le marbre, ceux qui nous regardent vivre, et ils sourient sûrement de ce cadeau qu'ils nous ont fait. C'est peut-être pour cela que je dois les dire. Pour qu'ils voient notre présent et sourient de notre liberté. Tant de vies, avant nous, tant de tumulte, et nous faisons ce qu'ils auraient aimé faire, nous faisons ce pour quoi ils se sont battus : nous nous embrassons sur les bancs publics parce qu'il n'y a pas d'autre façon de célébrer la vie et nous le faisons sans penser à eux. Penser à eux, à cet instant, serait accepter d'être graves et nous devons rester légers, insouciants, c'est pour cela qu'ils sont morts, légers, insouciants, c'est promis, de génération en génération, dans ces jardins qui ont saigné, légers, insouciants, parce que vous avez gagné et que nous sommes libres, légers, insouciants…

IV

Je crois que je suis le veilleur de la ville. Je n'ai rien d'autre à faire que déambuler dans ses rues comme un gardien attentif. Paris veut sa bouche. Elle a faim de mots. Trop de vies s'entassent en elle. Il faut les dire. C'est pour cela que l'homme m'a demandé de le suivre. Et maintenant, partout où je vais, des foules agitées se pressent devant moi. Comme si les rues en accouchaient. La jeunesse frappe le pavé. Les années se superposent. D'un siècle à l'autre, peu importe… Elles veulent toutes entrer en moi. Le passé est vorace de nos esprits parce qu'il n'y a que là qu'il puisse encore vivre. Entendez-vous le tambour de la jeunesse ? Les jeunes gens de la Libération sont loin maintenant. Une agitation nouvelle et gouailleuse court dans les rues. La jeunesse a toujours été chez elle, ici. Elle a conquis ces lieux, les a fêtés, les a forcés. La montagne Sainte-Geneviève garde en elle le souvenir du vieux rire de carnaval qui remonte au Moyen Âge. Je quitte le boulevard Saint-Michel et prends la rue Soufflot, attiré par cette rumeur. Les visions d'hier montent en moi comme des peuples affamés sur le radeau qui pourrait les sauver. Insouciants… Insouciants… Gay-Lussac est le nom du drapeau que brandit chaque génération lorsqu'elle veut se débarrasser de la précédente.

Les rues sont pleines. Tous les étudiants sont dehors. Ce sont des jeunes gens rieurs, qui lancent des imprécations au ciel avec de larges sourires. Je les vois, avec leur visage de jeunesse, leur air crâne. Et puis je me fige : une clameur plus grande vient de retentir. Tous saluent l'arrivée d'un petit groupe qui porte solennellement la pierre de l'hôtel du Pet-au-Diable. Hurlements de victoire. Gloire fanfaronne et bras d'honneur à la vertu. La pierre est revenue sur la montagne Sainte-Geneviève ! Ils l'avaient déjà volée quelques mois plus tôt mais la propriétaire, Mme de Bruyères, l'avait fait remplacer. Outrage. Les étudiants y sont retournés et l'ont volée à nouveau pour gifler la vieille. Ils en ont deux, maintenant, et c'est comme un trésor inouï qui leur sert à mesurer leur force. La première est au mont Saint-Hilaire. Lorsque la seconde arrive, l'un d'entre eux lance une idée : pourquoi ne pas marier les deux pierres ?… L'idée plaît. Elle est reprise par la foule. C'est d'accord : on fêtera leurs épousailles dans une grande cérémonie de carnaval. Je pense à eux, à ces gamins d'il y a cinq cents ans, heureux de leur forfanterie, portant tonsure – car tous les étudiants, alors, dépendent de l'Église, et cela fait de ce Quartier latin une entité à part qui n'obéit pas aux règles de la cité. Elle a ses propres coutumes et son propre tribunal. L'Université parisienne comme un monde clos, qui peut faire le pied de nez à qui elle veut, et c'est ce qu'ils font, depuis des années, pour s'amuser, rire et se sentir vivre... Alors, oui, il faut danser braguette, se découvrir devant la pierre du Pet-au-Diable que l'on a ceinte d'une couronne de romarin et proclamer le règne de la joyeuse démesure ! Et François Villon est là, dans la foule. Riez, jeunes gens. Rossez les bourgeois qui refusent d'enlever leur chapeau. Régnez sur ces rues en pente qui dominent tout Paris avec défi. Riez, vous êtes jeunes et inatteignables. Les étudiants grimpent sur les statues et se déculottent pour montrer leurs fesses à Mme de Bruyères et à toutes ses vieilles amies qui lui ressemblent. Villon prend sa part de rire et de farce. Peut-être est-ce que ce sont ces cris-là, ces visages au sourire large qu'il reconvoquera en son esprit lorsqu'il sera au fond d'une cellule ? Il le fera pour se dire qu'il a vécu, oui, vécu, qu'il est riche de tant d'éclats de vie qu'il peut bien disparaître puisqu'il ne meurt pas vide. *"Frères humains qui après nous vivez..."* Pourquoi est-ce que je pense à lui ? Est-ce parce que j'en suis un, cinq siècles plus tard, de ces frères humains qui après lui vit, qui après lui arpente ces mêmes rues ? Ou simplement parce que je connais ses mots et que cela crée un lien entre nous ? Comme il est doux de l'entendre, de pouvoir prononcer ses vers. Sa voix a tout traversé : les guerres de religion, les révolutions, les tumultes, et elle vit là, dans mon esprit, il suffit de prononcer ses mots : *"N'ayez les cuers contre nous endurcis"*. Il y a tant de passerelles entre les mondes, mais nous avons désappris à les voir. Les temps s'embrassent et je me sens, à cet instant, à l'endroit où tout s'entremêle.

Villon chante au milieu des siens mais la fête ne peut pas durer. Elle se nourrit de trop de défis. Les autorités finissent toujours par se lasser des bras d'honneur de la jeunesse. La montagne Sainte-Geneviève fait le pied de nez au Châtelet mais cela va cesser. Le prévôt d'Estouteville donne l'ordre à ses hommes de mettre fin au chahut. Il le fait – comble de l'insulte – le jour de la Saint-Nicolas, patron des étudiants. Les hommes de l'ordre prennent d'assaut la Montagne. On tape aux portes, on force le passage, on fouille, arrête, admoneste. Le Pet-au-Diable est repris. Le Paris du Châtelet et celui de la rue Saint-Jacques se bousculent, veulent en découdre. Et ce sera la même empoignade, des siècles plus tard, entre la préfecture de Paris et les étudiants de la rue Gay-Lussac. Mon père en sera, lancera des pavés et hurlera des slogans qui auront la beauté des bras d'honneur. Lance, père, lance ces pavés sur lesquels tu mourras. Les étudiants qui sont autour de toi et ceux qui accompagnaient Villon courent avec la même énergie. Les forces de la répression ont quitté l'Hôtel de Ville. Deux mondes se font face, s'invectivent, se méprisent, aiment à se chercher des noises. Personne ne veut céder de terrain. Et tout le monde a envie de s'empoigner, de se mordre, d'envoyer l'autre rouler à terre.

En ces rues, la colère et la joie se sont toujours embrassées à pleine bouche. La danse et la bagarre, les nuits douces et les heures sombres. En ces rues, du sang a coulé sur le pavé. J'essaie d'imaginer ce que fut ce jour lorsque le meurtre est entré dans la vie de Villon… Il fait encore chaud. La rue Saint-Jacques est belle comme une femme qui s'attache les cheveux pour que sèche la sueur de la danse. C'était une belle journée de juin. Les rues du Quartier latin ont été couvertes de pétales de rose. La Fête-Dieu a soulevé partout un vent de joie. La longue procession est allée de place en place pour célébrer les premières chaleurs mais, dans quelques instants, le sang va couler et la vie s'éteindre. Dans quelques instants, le hasard des coups qui choisit qui sera la victime et qui le survivant. Villon, comme tant d'autres, traîne dans les rues, encore ébahi par tant de liesse. Jusqu'à ce que cet homme surgisse. C'est un prêtre, du nom de Sermoye. Il est flanqué d'un de ses amis : Jean Le Mardi. Immédiatement, tout se fige. D'instinct, Villon sent qu'il faut qu'il s'en aille. Qu'il doit parvenir à se soustraire à celui qui s'est approché trop près, l'a interpellé avec trop de véhémence. Il doit s'en aller pour que ce face-à-face cesse, car il ne porte que violences et coups. Toute la douceur s'est envolée en un instant. L'autre l'insulte, maintenant. Le cherchaient-ils depuis longtemps ou l'ont-ils aperçu par hasard au coin d'une rue ? C'est comme si la mâchoire du présent se refermait sur lui, soudain, avec haine. Il n'y a plus que menace dans l'air. Il faut trouver le moyen de fuir. Villon essaie de se lever mais Sermoye le bouscule, le rassoit de force sur le petit banc. Il lui parle de femme, ou d'argent, ou d'insultes proférées qu'il veut laver… Il lui parle de tout ce dont se parlent les hommes lorsqu'ils ont envie de se battre et il mêle des insultes à chacune de ses phrases. Il le fait pour se chauffer lui-même, pour atteindre le point d'énervement où il devient facile de sortir de soi, de déborder et d'abdiquer toute raison, et cela marche, il vomit de plus en plus d'insultes et ses gestes sont toujours plus secs jusqu'à ce qu'il sorte sa dague et frappe. Villon n'a pas le temps de parer le coup. Il le reçoit au visage. Sermoye jubile sûrement car c'est ce qu'il voulait :

le défigurer, lui faire payer sa bonne mine. Le coup porte et lui entaille la lèvre supérieure. Le sang coule. Il n'y a plus de retour en arrière possible maintenant, plus de phrases qui pourraient apaiser les esprits. La Fête-Dieu est loin et il faut tuer. On ne peut plus s'arrêter, bredouiller des excuses et tourner les talons. Deux camps se font face et cela ne cessera que lorsqu'il n'y en aura plus qu'un. Alors Villon tire sa dague à son tour et, sans réfléchir, avec la célérité de celui qui veut vivre, la plante dans le ventre de son agresseur. Étrangement, Sermoye ne réagit pas, semble ne s'apercevoir de rien. Il continue de hurler, de frapper, d'essayer de porter des coups. Villon doute même de l'avoir touché. La dague est pourtant bien entrée dans la chair mais la fureur anesthésie le blessé. Villon s'écarte, court, cherche à se réfugier dans le cloître juste à côté mais ses deux assaillants le poursuivent. Les minutes sont longues, les corps s'essoufflent. Il n'est pas question de flancher. Le premier qui le fera mourra. La course poursuite se prolonge… Insultes, pierres lancées, tout continue… Ils sont prêts à se tuer à mains nues s'il le faut… Jusqu'à ce que Sermoye finisse par s'effondrer. Son corps soudain s'est souvenu qu'il était blessé et que cette course ne faisait qu'élargir la plaie. Il vacille, essaie de s'accrocher à quelque chose, puis tombe. Et tout s'arrête. La mort est entrée dans la vie de Villon et, avec elle, la fuite, la peur, la prison, la mauvaise vie, les dagues aux aguets. Mais il ne le sait pas encore. Pour l'heure, il court à toute vitesse, cherche à mettre le plus de distance possible entre lui et les lieux de la bagarre. Voyant que plus personne ne le suit, il sourit, éclate de rire, même, soulagé de vivre, de pouvoir aller se faire recoudre la lèvre chez le barbier Fouquet. Il est heureux d'être celui qui vit plutôt que celui qui gît, de pouvoir encore souffler, suer, rire. Il cherche un ami à qui tout raconter mais la mort est entrée dans sa vie et tout désormais ne sera plus que fuite.

V

J'entends un corbillard rouler sur les pavés de Paris mais ce n'est pas celui de Villon. Tout s'entremêle et se bouscule. Les époques et les scènes se chevauchent. Je sens que ce qui poussait depuis le début de cette nuit est sur le point d'apparaître. Tout craque et va bientôt se répandre. Je crains de n'être pas de taille. À chaque coin de rue, des visions surgissent. Poussez ! Poussez ! Le tumulte monte. Paris est prise par la fièvre. Poussez ! Il est trop tard pour s'enfuir. Mon esprit est assailli et je suis incapable de tout reconnaître. Dans le brouhaha qui monte, j'entends le pas lent de deux chevaux mais aussi l'agitation entière d'une ville qui veut se soulever. Où est-on ? Paris ouvre les écluses de sa mémoire et me remplit d'un bourdonnement de voix. Tout est là ! Je craque comme un navire trop chargé. Poussez ! Poussez ! Ça respire fort et parle haut. Les rues grondent et protestent. Je vois l'insurrection venir. Les silhouettes se précisent. Dans la rue, le peuple de Paris court. Il faut agir : Thiers a fait déménager le gouvernement à Versailles et c'est une intolérable provocation. Poussez !... Paris n'en peut plus... Mais dans cette agitation du peuple, il y a aussi le pas lent de deux chevaux. Est-ce que vous l'entendez ? À la gare d'Orléans, au moment même où des groupes se forment pour ériger les premières barricades, un train freine puis s'immobilise dans un dernier crissement de roue. Victor Hugo en sort, la tête basse, les joues creusées par la fatigue, l'œil triste. Poussez ! Paris ne le voit pas encore et continue de s'agiter. Je le contemple, moi, celui qui vient de perdre son fils. Il descend sur le quai et rajuste sa redingote. Il regarde autour de lui, cherche des yeux un appui. Ceux qui l'entourent lui offrent un bras. De la voiture de tête, déjà, on descend le cercueil de Charles, avec précaution. La longue marche vers le cimetière va pouvoir commencer mais partout autour de la gare les rues s'échauffent ! Hugo époussette son habit, met son chapeau, accepte le bras d'un ami et prend la direction du Père-Lachaise. Longue marche dans les rues de Paris au pas lent du corbillard. Longue marche du sud au nord à travers une ville en fièvre. D'un côté la fureur, de l'autre le silence. D'un côté, l'envie de se battre, de l'autre le corps sans force de celui qui pleure. Et les deux se croisent. Le peuple de Paris voit passer le cortège funéraire. Dans la foule, on demande qui est mort. Le nom de Victor Hugo est prononcé, puis repris de bouche en bouche. La nouvelle se répand – “C’est son fils…” Elle ne cesse de grossir et devance le cortège. Elle file le long du trottoir. La foule est toujours plus nombreuse. Tout le monde se presse pour apercevoir le grand homme. Les chapeaux s’abaissent, les discussions s’arrêtent. Ce même jour où naît l’insurrection, le temps se suspend pour laisser passer la tristesse. L’Est de Paris sent le soufre et la révolte mais Hugo traverse le faubourg Saint-Antoine au pas lent du deuil et monte vers Ménilmontant. Les ouvriers le saluent. Et lui, dans sa douleur, doit bien sentir ce respect de la rue, cet hommage du silence partout où il passe. Du fond de son deuil, il reçoit ce geste. Elle existe, la consolation. Au cœur du tourment, tandis que la fatigue lui fait traîner le pas et que le désespoir lui voûte le dos, il la reçoit, de tous ces visages qui se sont figés avec respect et lui offrent leur immobilité. Mais, ça y est, les premiers coups de fusils claquent à Montmartre et sur les Grands Boulevards. Victor Hugo les entend-il, depuis le Père-Lachaise ? Encore ! Poussez ! Tressage d’époques et fouillis de souvenirs. Encore ! Je ne sais plus où je suis. Je vois des temps différents, j’enjambe des décennies. Sous l’Arc de Triomphe, tout est immobile. Paris s’est figée. Un corbillard s’ébranle, tiré par deux chevaux. C’est lui que j’entendais depuis le début. Est-ce que je mélange tout ? Les chevaux avancent, mais c'est quatorze ans plus tard. Les insurgés de la Commune sont morts ou en exil. La société de l'Ordre a fait construire le Sacré-Cœur pour expier la faute du peuple qui voulait être libre. Honte aux pauvres, qui ont eu l'audace de croire en leur émancipation. Encore ! Encore ! Il y a tant à montrer. À l'Étoile, c'est au tour de Victor Hugo lui-même de reposer en son catafalque. Une grande toile de tulle noir a été suspendue et elle oscille avec majesté dans l'air du soir. Il est veillé toute la nuit par des cuirassiers à cheval. Au matin, le convoi s'ébranle. "Je vais fermer l'œil terrestre, mais l'œil spirituel restera ouvert, plus grand que jamais", écrit-il dans son testament. Et comme il dit vrai, il voit les milliers de Parisiens venus se presser le long des avenues pour le saluer. Il voit le corbillard qui le porte. "Je désire être porté au cimetière dans le corbillard des pauvres", et c'est bien ainsi qu'il ira : deux chevaux et une calèche toute simple. Le peuple de Paris est là. L'œil de Hugo reste ouvert et il voit deux millions de Parisiens l'accompagner jusqu'au Panthéon. Il voit la descente des Champs-Élysées, la traversée de la Seine. Le cortège passe devant l'Assemblée nationale, remonte le boulevard Saint-Germain, puis celui de Saint-Michel jusqu'à la rue Soufflot et, tout du long, des milliers d'hommes et de femmes le pleurent parce qu'ils savent que cet homme leur appartenait. Malgré sa vie d'ogre et sa notoriété, il était des leurs parce qu'il a toujours voulu parler par leurs bouches. "Je repousse l'oraison de toutes les églises, je demande une prière à toutes les âmes." – et il l'obtient. Paris l'aime et Paris pleure. La foule a décidé qu'il était le nom de la nation. Les chevaux font sur le pavé un bruit glaçant de sabots. Je suis au pied du Panthéon et je les vois arriver. La foule est si dense qu'on ne peut quasiment pas bouger. Une fraction de seconde, je me souviens de cet instant où, âgé de neuf ans, je suis hissé sur les épaules de mon père. La foule était nombreuse aussi dans cette même rue, mais c'était pour célébrer la victoire. C'était la joie, alors, qui s'avançait vers le Panthéon. Tandis que là, les têtes se baissent au passage des chevaux et les gens pleurent. Je regarde autour de moi. La rue est vide. Est-ce que j'ajoute ma prière à la leur ? Est-ce cela que je fais ? Une prière de mots à chaque vision qui m'assaille ? Ici ont vécu tant de vies englouties… Villon vient de tuer. Il court dans la rue Saint-Jacques. Hugo monte lentement et sur le boulevard Saint-Michel, un peu plus bas, éclatent les tirs des combats de la Libération. Paris n'arrive plus à compter tout ce qui a vécu, crié et saigné en elle. Elle est trop pleine et cherche des bouches pour la dire. Il faut retourner les morts, mais il y en a trop…

Chaque pas que je fais soulève des passés. Poussez ! Poussez ! Laissez-les encore venir à moi, les silencieux, les taiseux… Il n'y a pas de raison de n'écouter que ceux que Paris a célébrés. Tant de fois, elle a été oublieuse ou arrogante avec ses enfants. Tant de fois, elle leur a dit non, ou ne les a tout simplement pas vus, pas reconnus. Ils l'ont pourtant aimée, eux. Ingrate ! Regarde, ils sont là. C'est tout un groupe qui s'approche. Ils sortent de la cour de la Sorbonne où ils viennent de faire une photo pour la postérité. Eux savent que ce moment est historique et que Paris a tort de les ignorer. Le premier Congrès des écrivains et artistes noirs vient d'avoir lieu. Qui le dit ? Qui le sait et le relate ? Les journalistes sont affairés à mille choses plus urgentes, plus essentielles, qui ne laisseront aucune trace dans l'Histoire. Ils n'en font pas un sujet, ne jugent pas important d'en informer leurs lecteurs. Paris reçoit la visite des plus grands esprits africains, américains et caribéens mais elle ne le sait pas. Elle le découvrira plus tard, grâce à la photo prise dans la cour de la Sorbonne. Ils sont tous là : Aimé Césaire, Amadou Hampâté Bâ, James Baldwin, Jacques Stephen Alexis, René Depestre, Frantz Fanon, Édouard Glissant, Léopold Sédar Senghor… Faut-il cracher sur cette ville qui ne s'est pas réjouie de votre venue, qui vous a snobés comme une bourgeoise imbécile ? Faut-il cracher sur cette ville qui n'a pas dressé de banquet pour vous célébrer ? Elle n'a même pas su ce qui se passait, ce jour-là, trop occupée à écouter mille autres voix qui n'avaient aucun intérêt. Mais vous avez gagné. Je vous vois et vous ne semblez animés d'aucun désir de vengeance. Vous n'y pensez pas, vous avez trop à faire : vous avancez dans la rue, en petit groupe, parlant avec passion. Je sais où vous mènent vos pas. Vous prenez la rue des Écoles pour rejoindre la librairie Présence Africaine. Alioune Diop vous y attend avec une impatience gourmande. Quelques années plus tôt, l'intersection des boulevards Saint-Michel et Saint-Germain a été baptisée "le carrefour de la mort", parce que les tueurs tiraient sur tout ce qu'ils parvenaient à accrocher dans leur viseur et les trottoirs de Saint-Michel saignaient. Des jeunes gens en bras de chemise accouraient avec des brancards improvisés et aucun d'eux ne pouvait se douter que, plus tard, les mondes lointains de l'Amérique et de l'Afrique se réuniraient ici. Les fusils se sont tus et les libraires ont pris la parole. C'est à vous, maintenant, de faire entendre votre voix et tant pis si Paris n'entend pas, ne voit pas, n'en a que faire, elle a tort. À cet instant, vous êtes les souverains d'une ville aveugle. Rencontre inouïe où Haïti parle à New York et Bamako à Fort-de-France. Des hommes monde se réunissent, passent devant la vieille statue de Montaigne au pied lustré par les années, et ils ont la force de ceux qui font trembler la pensée et fécondent le fleuve des mots. Je les regarde. Ils profitent de ces instants pour se parler, échanger, revenir sur un point, poursuivre leurs discussions de grandes voix de colère. Ils savent qu'ils ne seront plus jamais ensemble et que Paris, sans le savoir, leur offre le précieux cadeau d'un banquet de la pensée.

Venez ! Venez ! Je ne peux plus m'économiser. Mon esprit s'échauffe. Il faudrait mille bouches pour tout dire. Qu'espérait l'ombre ? Que tout le passé revive ? Cela ne se peut pas. J'entends encore au loin les derniers assauts contre Montmartre. Louise Michel injurie les soldats qui ont été chercher sa mère pour qu'elle se rende. Le Bataclan gémit. Il a été transformé en hôpital et les communards y meurent dans une écœurante odeur d'éther. À la Butte-aux-Cailles, les munitions commencent à manquer. Il faudrait tout dire, de chaque rue, de chaque carrefour. Ceux qui sont passés par là, en courant, ont laissé des traces et moi, en cette nuit étrange, je les sens. Oh vertige… À moins que Paris ne sache plus. Oui, c'est peut-être cela… J'ai cru que la ville faisait remonter ses souvenirs, mais peut-être ignore-t-elle ce qu'elle porte. Tout est pêle-mêle, sans ordre, et elle est prise de vertige devant tant de vies. Elle vacille. Alors je vais vers celle qui m'appelle non pas avec la voix la plus forte mais avec la fêlure la plus étrange. Regarde, Paris, ce que tu n'as pas vu.

Regarde ce qui vivait là, en ton ventre, à côté du tumulte de la Commune et dans l'ombre du grand Hugo. Regarde l'hôtel Belloy sur le boulevard Saint-Michel. La fièvre s'y sent encore. Des jeunes gens se sont retrouvés en ces murs, avec des airs de comploteurs, parce qu'ils voulaient sidérer le monde. Ils ne voulaient pas uniquement bousculer la société, mais renverser la vie elle-même. En ces murs, la jeunesse a régné dans l'indifférence de son époque mais peu lui importait puisqu'elle sentait qu'elle portait en elle la victoire et que les crachats, le mépris, le rappel à l'ordre des bonnes manières ne changeraient rien, c'est elle qui triompherait, parce qu'elle seule était capable de poser sur le monde des mots nouveaux. Ici, dans cet hôtel, des rêves éveillés ont pris corps dans des odeurs de cigarettes fumées jusqu'aux doigts. Et je les entends, ces jeunes gens qui font salon au premier étage. Ils discutent, lancent des anathèmes, prennent des résolutions définitives. Rimbaud boit plus que les autres. Il énerve certains de ses camarades qui ne supportent pas ses écarts lorsqu'il est soûl, mais ils ne comprennent pas que Rimbaud boit parce que Paris lui rentre dans la peau. Dérèglement. Fièvre. Paris lui instille un poison merveilleux qu'il ne connaissait pas et il ne peut faire autrement que de sentir l'excitation monter. Pour lui, les dîners des *Vilains Bonshommes* ne sont pas des réunions littéraires mais la vie nouvelle, sans frein, et c'est trop. Il ne sait pas se ménager et garder ses distances. Paris le renverse. Alors il boit, dit des inepties, est désagréable. Mais c'est parce qu'il est nu, brûlant de fièvre, de vie, de mots, de visions étranges qu'il touche des lèvres. Je l'entends, là, à l'entresol de cet hôtel serré entre la rue Racine et celle de l'École-de-Médecine. Il ne perçoit plus le brouhaha du boulevard Saint-Michel parce qu'il l'a fait sien. C'est en lui, désormais, que les passants marchent d'un pas pressé. En lui, les cris de marchands d'eau, en lui, la mélancolie des prostituées et la solitude des ivrognes. Tout est entré et danse dans son petit corps de jeune homme. Maudite ville qui n'a pas su dire oui. Tu aurais pu être son royaume. Tu as aimé Hugo mais dédaigné ce jeune homme aux lèvres fines. À peine le premier pied posé sur ton pavé, tu as senti que tu n'en voudrais pas. Je le vois, descendant du train, gare du Nord. Il a seize ans et des yeux de voleur. Il a fugué, a chapardé des journées entières de temps libre, s'en est bourré les poches et a filé… Il veut Paris mais il n'a pas de ticket. Cela peut paraître dérisoire mais c'est ce qui va le faire tomber. Le monde a toujours eu peur des garçons de seize ans qui voyagent les mains dans les poches dans le fond des wagons, les yeux tournés vers des lumières nouvelles. Le monde n'en veut pas, de l'appétit de Rimbaud. Surtout pas en ces temps incertains où la guerre menace, où Paris va bientôt être assiégée par les Prussiens.

Ticket ?… Il n'a rien à montrer. Ticket ? Cela pourrait en rester là, mais le contrôleur n'a pas envie d'être conciliant. Il n'aime pas les chiens errants. Ticket ? Et peut-être que Rimbaud dit un mot plus haut que l'autre, ou juste le toise avec un peu trop d'assurance… Peut-être, au contraire, baisse-t-il d'emblée la tête comme un enfant pris en faute, avouant de tout son corps ce que sa bouche ne dit pas, et cela aiguise dans l'homme à la moustache Second Empire l'envie d'aller jusqu'au bout de cette affaire. Au trou, la mauvaise herbe ! On embarque le jeune homme. Il ne verra pas Paris. La ville a dit non. Au trou ! Tout cela pour un ticket, pauvre ticket… Paris a dit non. Paris refuse de s'ouvrir et Rimbaud, pour ce premier séjour, ne connaîtra que la prison Mazas. Des jours à attendre qu'on vienne le chercher et qu'on le sermonne sur les fugues qu'on ne fait pas, sur l'inquiétude d'une mère, sur la laideur de contrevenir à la loi. Il ne répond rien. Que pourrait-il dire ? Qu'il attend son heure ? Qu'à la première occasion, il reviendra ?

Oui, il revient, le jeune homme aux yeux voilés. Un an plus tard. Je le vois. Dès que le siège de Paris est levé, il tente à nouveau sa chance. Poussez ! Poussez ! La fièvre des rues l'aimante. Il sent que ce qui vient, c'est le grand dérèglement, et il aime ça parce que c'est son projet :

dérégler la langue et la vie, mettre le monde cul par-dessus tête avec des couleurs vives. Poussez ! Les barricades se préparent et les rues sentent le soufre et la colère. Mais, chaque fois, il faut partir. Ceux qui l'entourent finissent toujours par lui dire qu'il ne peut pas rester, que c'est trop risqué, que tout cela finira mal, et ils ont raison. Tout finira mal. Au milieu des zutistes, une bagarre éclate avec Étienne Carjat… Rimbaud brandit une canne-épée et blesse le photographe, celui-là même qui fit son portrait – tête d'ange pour l'éternité… Je repense à la dague de Villon, à ces heures où le sang veut couler et où les mains vont plus vite que l'esprit. Cela tourne mal. Et cette phrase finit toujours par être prononcée : "Tu ne peux pas rester." C'est Verlaine qui s'en charge. L'insurrection est pour bientôt et il a peur. Ce n'est pas qu'il soit plus craintif que les autres, mais il sait que ce visage de seize ans énerve la ville et met le feu aux boulevards. Il sait que tout va s'embraser. Alors il le supplie et finit par obtenir que Rimbaud quitte Paris. Une semaine avant que Victor Hugo ne descende du train avec le cercueil de Charles, une semaine avant la colère de Montmartre, Rimbaud s'en va. Il sent sûrement que c'est vrai, c'est mieux ainsi, qu'il ne naîtrait rien de bon de sa présence dans ces rues en feu, mais il aimait tellement ça : les absinthes du Rat Mort à Pigalle, les soirées passées à discuter avec Verlaine sur des tables où il fallait parler plus fort que les ivrognes d'à côté sans quoi les mots restaient enfoncés dans les odeurs de tabac et de bière renversée. Il aimait tellement ça, l'insurrection parisienne, la peur du vieux monde qui sent qu'il va être balayé. Carnage de mots, fracas d'amour et de corps qui s'attirent et se détruisent. Tout brûle et Rimbaud part, comme il le fera toujours. Bientôt, il ne sera plus nécessaire de le raisonner, de le tirer par le bras, c'est lui qui le décidera. Il partira sans un regard sur tout ce qu'il quitte. Et il ne le fera pas pour qu'on vienne le chercher, ou pour nourrir l'écriture de poèmes à venir, il partira parce que la vraie vie est ailleurs, c'est écrit sur son visage depuis son adolescence et il vient de le lire dans le miroir de ses mains. L'Abyssinie l'attend, avec ses odeurs nouvelles et ce nom magique qui sera celui de son ravissement : Aden. Paris ne va garder de lui que les mots du *Bateau ivre* peints sur le mur de la rue Férou, plaqués sur la pierre par le vent de la jeunesse. Oui, bientôt il partira. Alors Paris pourra bien mourir, s'essouffler ou brûler dans un incendie, les zutistes pourront bien écrire ou se taire et Verlaine pleurer, lui sera loin, évanoui…

Laissez-moi, maintenant. Tout est dit et je ne peux plus prêter ma bouche. Il y a trop d'ombres et d'histoires. Paris est un amoncellement de tout : tristes défaites, destins heurtés, héroïsme anonyme et vies de rien. Que faut-il dire ? J'oublie tant d'entre eux qui mériteraient qu'on les tire de la nuit, qu'on les évoque une fois pour qu'ils sentent l'œil du présent sur eux. Laissez-moi… Je veux m'éloigner de vous, de vos assauts… Ma tête est en fracas et je suis épuisé. J'ai cru que je devais retourner les morts mais il y a un peuple entier… Alors je m'éloigne, les mains sur les oreilles, les yeux collés au sol. Je me fais sourd à la rue pour m'entendre à nouveau…

"Qui es-tu, toi ?" La question me revient à l'esprit. Combien de temps s'est-il écoulé depuis ma rencontre avec l'homme du parvis de la gare ? J'ai le sentiment que j'ai traversé des époques, sauté d'un siècle à l'autre. "Qui es-tu ?" Il est peut-être temps de contempler ce que fut ma vie et de tout laisser derrière moi. Vivre encore, oui, mais autrement. En obéissant à de nouveaux élans, sans plus jamais chercher à ressembler à ce que je fus. Nous avons plusieurs vies. Elles s'embrassent les unes les autres ou s'ignorent. Elles se succèdent posément ou se brûlent entre elles, mais vient parfois le moment d'en laisser une s'estomper pour en découvrir une nouvelle. J'ai été un homme et demain ne portera rien de ce que fut hier. Partir et disparaître, tout balayer et ne plus y revenir. Pourquoi pas ? Je suis une terre lointaine. L'écriture restera derrière moi comme une maison vide. Plus un mot. Silence définitif de la main et des yeux. La vie se remplira d'autres choses. Embrasser le monde d'une autre bouche, plonger dans le cœur chaud de l'activité avec des mains nouvelles. Il est peut-être temps de consentir à m'éloigner. Se peut-il que cette marche soit le premier pas vers un ailleurs qui tout à la fois m'attire et me brûle ?

VI

J'essaie de respirer plus calmement, de me concentrer sur le silence de la marche. Je me laisse guider par la ville. La douce inclinaison du boulevard me pousse vers la Seine. J'arrive sur les quais, devant le pont Saint-Michel et je m'arrête, saisi par la beauté de Paris. Les eaux coulent avec douceur. Les lumières des façades se reflètent dans les nœuds de l'eau. Les ponts en enfilade semblent n'avoir été construits que pour le plaisir des yeux. Il y a ici un équilibre parfait entre l'architecture des hommes et le dessin du fleuve et tout scintille de ce mariage harmonieux. Je voudrais m'arrêter, m'accouder et laisser les eaux couler mais je n'ai pas le temps. Je sens que je n'en ai pas fini avec l'ombre du parvis.

C'est sur la place Du Bellay que je le retrouve. Il a escaladé la fontaine des Innocents, abandonné son blouson, et ne porte plus qu'un maillot sans manches, largement ouvert sur le cou et la poitrine. Je m'arrête et l'observe. Il danse étrangement. Ma présence lui importe peu. Il monte et descend les petites marches de l'édifice central qui s'élève au milieu du bassin de la fontaine. Il ne tient pas en place, bouge de façon nerveuse. Son corps enchaîne une succession de torsions, de sauts, de pas chassés, comme s'il convoquait des ombres puis tentait de leur échapper. Il penche parfois la tête en arrière, cou cassé comme pour mieux manger le ciel puis parfois, au contraire, la rentre et pousse de sourds grognements… Il ne me voit pas. Plus rien n'existe autour de lui et pourtant, il y a cette voix qui monte de son corps, "Vous voulez vivre, à nouveau ?…", demande-t-il et, chaque fois qu'il pose la question, il y répond en faisant un grand geste des bras, ou en donnant un coup de pied au sol comme pour chasser des chiens ou faire peur à des ombres, "À nous !" répète-t-il, "À nous !" et il reprend : "Vous voulez vivre ?" – et tape inlassablement du pied, tourne sur lui-même, invective les statues, "Hue ! Hue ! À nous, vite !…" Je le connais, maintenant. Je sais ce qu'il est. Il est comme moi. Il voit tout ce qui se presse dans les rues, voudrait tout dire mais ne peut pas. Il a perdu l'usage des mots, ne parle plus que par invectives. Il est venu ici souvent, je le sens. Pour coller sa joue contre le sol de la place des Innocents. Et s'il traîne sur le parvis des gares, c'est pour la même raison : il veut faire entendre les engloutis, le peuple serré des ruelles de Paris. Et il a raison. Pour chaque homme dont on se souvient, il y a une foule à raconter. J'ai parlé de Villon mais il faudrait dire les vies de ceux qui l'entouraient, de ceux qu'il aimait retrouver, des filles qu'il trouvait jolies. Que sait-on de Guillemette la Tapissière, de Jehanneton la Chaperonnière ? De Catherine la Boursière, de la belle Gantière et la gente Saucissière ? Que sait-on de ces femmes dont il a prononcé le nom dans ses poèmes et que tout a enseveli par la suite ? C'est en les regardant, elles, qu'il a eu envie de vivre et d'écrire. En les désirant, elles, en les frôlant avec ivresse.

Sur le parvis des gares, il faudrait dire toutes les foules qui s'y sont déversées avec hésitation. Je les vois maintenant, ces milliers, dizaines de milliers de nouveaux arrivants, jeunes filles bien bâties, hésitantes, à la démarche de campagne, petits gars impressionnés par la hauteur des bâtiments qu'ils découvrent, manquant de se faire écraser au sortir de la gare et prenant pour seul baptême une volée d'injures de la part des chauffeurs pressés… Pourquoi ne se joindraient-ils pas à la foule des morts retournés, tous ces destins timides, qui arrivent à Paris avec, à la main, un petit bout de papier sur lequel est griffonnée une adresse qu'ils ont apprise par cœur mais sans pour autant se résoudre à jeter le papier ? Je les vois, toutes ces vies qui seront boniches, nounous, petits vendeurs ou mendiants et qui marchent avec précaution dans ces rues nouvelles. Il faut tout dire. Je sais que l'ombre a essayé mais cela l'a consumée tout entière. Depuis, elle cherche des hommes pour prendre le relais. C'est cela qu'elle attend de moi. Que j'entame le chant des mille vies. Cela ne s'arrêtera jamais. Elle le sait. C'est pour cela qu'elle danse et se tord. Elle veut à la fois les convoquer et les chasser. À la fois tout dire et se taire. Hue ! Hue ! Cela la brûle ! À nous ! Faites place ! Nous n'aurons pas le temps de vous dire tous. Une vie n'y suffirait pas… Hue ! Et puis soudain, l'homme interrompt sa danse. Il m'a vu et se fige. Tout se suspend. Il me regarde. Je ne peux plus douter qu'il prend acte de ma présence. Me reconnaît-il ? Fait-il le lien avec celui qu'il a croisé plus tôt à la gare Montparnasse ? Je ne sais pas. Il reste immobile, me dévisage. Je suis incapable de dire s'il va bondir hors de la fontaine et s'approcher de moi pour me menacer ou s'il va m'inviter d'un geste de la main à venir le rejoindre… Quelques secondes s'écoulent… Il ne fait ni l'un ni l'autre : il se cabre, renverse la tête en arrière et grogne à nouveau au ciel : "À nous !… Vite, vite !… Avant que ça crève, hue !"

Je sais pourquoi nous sommes à la fontaine des Innocents. C'est ici qu'a été peinte la première danse macabre, à l'époque où cette place était un cimetière. Il y avait tant de pestiférés à déposer en fosse… Paris n'en pouvait plus de tous ces morts. Philippe Auguste a ordonné qu'on agrandisse le cimetière de l'église et qu'on y regroupe tous les noyés de la Seine, tous les morts retrouvés sur la voie publique. C'est ici qu'aurait été enterré mon père s'il avait vécu à cette époque. Tous les corps ramassés dans la rue étaient déposés là, sur le parvis, près des grands marchés à viande. Côte à côte : poisson et ossements, légumes et pelletées de chaux. La mort et la ripaille à quelques pas l'une de l'autre. Villon l'a vue, cette grande fresque des Innocents. Cela l'a laissé sans voix. Il a aimé l'idée d'une grande Faucheuse qui emmène à sa suite la sarabande des vivants. Il a aimé surtout que dansent ensemble les bourgeois et les gueux, le prêtre et l'assassin. Tous, les uns derrière les autres, même pas, même rythme. Dansez. La mort ne nous attrapera pas tant que vous le ferez. Dansez. Il faut continuer. Dansez frénétiquement avant le couperet, dansez avec la nervosité des violons de Saint-Saëns qui coupent l'air et fouettent les sangs. Dansez, buvez, riez, squelettes et vivants mélangés.

Il ne faut pas essayer de semer la mort. Elle n'aime rien tant que nos misérables tentatives. Cela la distrait mais elle les déjoue toujours. Non, il faut l'inviter à danser. Cela seul peut la perdre. Même si elle essaie de s'en défendre, la musique s'empare d'elle. Ses jambes remuent. Elle a honte, essaie de se contenir, sent que son masque de terreur se fissure mais elle n'y peut rien, c'est plus fort qu'elle : qu'elle le veuille ou non, elle se met à frapper le sol du talon et à se déhancher. Oui, tant que nous dansons, elle danse avec nous. La musique s'empare de tout. Danse macabre ! Sarabande ! Tant que le jour ne se lève pas, le temps est à nous ! Tournez, valsez ! Les os craquent. Tout se lève et s'échauffe. Les squelettes se regroupent pour former une longue colonne. Allez, mon père, tu n'es pas que la chute. Rien ne te réduit à cela. Ta vie échappe à la chute. Je peux convoquer en mon esprit d'autres souvenirs que ceux de ta fin. Allez, les morts, la nuit est longue. Accélérez ! François Villon tourne dans les fêtes de son âge où tout l'enivre, le vin et l'odeur un peu sucrée de la sueur des filles. Guillemette et Jehanneton sont à ses côtés. À moins que ce n'en soient d'autres… Il rit aux éclats, ne se doute pas encore de la vie d'errance qui l'attend, pose ses mains sur les cuisses d'une femme que cela fait glousser et tant pis si elle est mariée pourvu qu'elle rie, tant pis si ce qui naît à ce moment, c'est la bagarre future, pour l'heure, l'instant doit durer et il n'y aura rien d'autre, il n'y aura jamais rien d'autre que le rire un peu forcé de cette femme qui dit qu'elle veut jouir. Tournez ! Accélérez ! Les nuits mentent. Elles font croire à ceux qui les traversent qu'elles dureront toujours, mais les coqs vont bientôt chanter… Peu importe, bientôt n'est pas maintenant. Continuez ! Dansez tant que la nuit dure. Mon père n'est plus condamné à la chute. Il s'est relevé. Et Villon a enfoui son visage dans le cou de cette femme qui a envie de rire et qui ne se doute pas que son décolleté contient des couteaux, que sa chair qui a envie d'être pressée, embrassée, secouée, contient des courses poursuites. L'instant règne et ne se soucie de rien. Dansez, tournez, la mort ne peut pas y résister. Regardez-la, elle fait bouger ses vieux os et Paris la laisse passer. Tout gronde sous nos pieds. Dansez sur les pavés, nos vies ne se résument pas à nos tristes fins. Nous nous portons les uns les autres, nous nous enlaçons. Dansez, la mort n'y peut rien, elle est obligée de prendre place dans le cortège et de sourire avec nous. Dansez de la vitalité de tous vos muscles, dansez jusqu'à ce que tout s'arrête ! Dansez puisque vous vivez.

VII

L'ombre est au sol. Elle a tourné jusqu'à s'épuiser et perdre l'équilibre. Elle est devant moi, face contre terre. Je me sens écrasé par une fatigue immense. Où nous mène cette nuit ? À l'épuisement de tout ? Les ombres du passé ont pris possession des rues. Les vivants ont déserté. Paris est une ville vide et je suis seul. La nuit m'emmène, je le sens, sur des chemins de tristesse. Il faut trouver la force de se relever. C'est moi, cette fois, qui invective l'ombre. "Allez !" Je le dis d'abord un peu timidement, puis je le répète avec plus de force. "Allez !…" Il faut se lever. "Allez, la vie !" Je veux partir, me soustraire à tout cela. Tout m'envahit bien trop et m'aspire. Il y a la vie, encore… La vie à aimer, à embrasser, la vie inattendue. Celle de demain, celle qui surgit et donne aux journées le sel de la surprise. Il y a mille vies possibles. Mais le soleil est loin. "Allez !… Debout !" Est-ce que l'ombre m'a emmené dans un piège ? Je pense à la soixante et unième minute, cachée au cœur de la nuit, qui s'ouvre mais ne se referme jamais. Celle que cherchait Gilgamesh. La soixante et unième minute… Lorsque le temps se suspend et que seul le présent demeure. L'ombre en est peut-être prisonnière. Peut-être m'a-t-elle emmené à sa suite pour ne plus y être seule. "Allez !… Debout !" Je ne resterai pas ici. Le sang se met à battre dans mes veines. Est-ce que je deviens fou ? Est-ce que les morts m'ont déjà trop tiré à eux ? Je commence à trembler. Ma respiration s'accélère. Tout murmure autour de moi : "Il faut partir." La ville ne peut pas être qu'un tombeau. C'est à moi de tout quitter. À moi de faire se lever le jour.

J'étais prêt à empoigner l'ombre, à la secouer, à la pousser devant moi mais je n'ai pas eu à le faire. Elle s'est levée, a fait un geste du bras en ma direction pour que je reste à distance, puis s'est éloignée. J'ai eu l'impression qu'elle craignait que je la touche… Elle a tourné les talons et a disparu en courant presque. Je regarde autour de moi. Je suis seul. Il n'y a plus un bruit. Il est temps que la nuit me quitte. Si je reste, je me détraquerai. Si je reste, hue, beste, folie, tout va chavirer… La nuit m'esquintera, me brûlera le cerveau. Les jours, clic clac, vont claudiquer à mes côtés, avec des voix qui chuintent ou crépitent… Clic clac, tout se refermera. Je sens la folie qui s'approche. Artaud remonte à ma mémoire comme un vieux corbeau traînant derrière lui son aile cassée. Il revient à Paris, laissant dans son dos l'asile de Rodez et sa nuée de tics, de poux et de sursauts. Il croit qu'il va enfin pouvoir retrouver la vie. Je le vois s'approcher. Non. Ce n'est peut-être pas lui. Un autre souvenir se superpose à cette image. Cric, crac, folie. C'est un comédien et je suis dans une salle de théâtre, mais c'est le même instant car, dans les deux cas, Artaud va parler. On n'a jamais entendu pareille langue, jamais vu semblable corps secoué de tant de phrases qui courent sous la peau. Grimace. Grimace. Artaud est sorti de Rodez mais il est prisonnier lui aussi de la soixante et unième minute, assailli par les tas entassés du passé, assailli et saigné de blessures, de tourments, de flaques de laideur et de taches de démence. Les mots lui tombent de la bouche comme des dents cariées, ou montent au ciel, aigus, avec des spirales de douleur. Grimace. Grimace. Je revois tout. Le théâtre du Vieux-Colombier est plein à craquer. Cric crac. Deux jours se superposent : celui de la représentation à laquelle j'assiste et celui de la conférence d'Artaud quarante-sept ans plus tôt. Ça commence. Artaud entre. On l'applaudit. André Breton et les surréalistes sont là. Ils sont tous venus écouter leur ami qui a traversé le fleuve de la démence. Cric crac. Les mots se plantent dans la chair d'Artaud et le font sursauter. Que peut-il rapporter de Rodez, si ce n'est son âme mordue par les électrochocs et la folie ? Il ne le sait pas encore mais il n'a plus que cela à donner. Alors, il s'offre aux yeux et aux oreilles de tous. Artaud Mômo parle. Poussez les murs, les murmures, poussez la gêne et la fatigue. Ouste ! Le monde doit être électrique. La voix qui parle en lui ne s'arrête plus, n'obéit plus à rien d'autre qu'à son propre jaillissement. Artaud l'entend. Ça parle dans sa machine de viande et de souffle. Dans la salle, certains se lèvent, trop gênés par ce spectacle. Qu'est-ce que ça lui fait ? Il est bien trop loin pour s'en soucier. Il est avec saint Patrick et les Tarahumaras, en prise avec le peyotl et les mots qui se tordent, se bousculent et se dévorent les uns les autres. Et moi, j'entre dans ce même théâtre, quarante-sept ans plus tard. L'acteur est déjà sur scène. C'est Philippe Clévenot. Grand échalas au visage maigre. Il commence. Assis simplement à sa table, avec rien d'autre que le texte. "… Je ne vais pas faire une conférence élégante, je ne sais pas parler… Quand je parle je bégaye parce qu'on me mange mes mots…" Il montre Artaud en ce jour et la phrase gonfle, la folie sort. Artaud le Mômo apparaît. Les mots sont les mêmes, à la virgule près. Tout nous est rendu. Folie. Folie. Paris sursaute et se retourne dans la rue. Ils sont nombreux, les Mômo qui trébuchent, parlent tout seuls et se tirent les cheveux. Pour eux, tout est couteau… Je repense à mon père, qui travailla toute sa vie sur les territoires de l'inconscient, et à l'hôpital Sainte-Anne, où il m'emmena un jour. Les allées là-bas portent des noms de poètes. Verlaine, Nerval. Hommage de la psychiatrie aux fiévreux. Artaud est là, aussi. Et Clévenot finit par prononcer le dernier mot de la conférence. Alors il se lève et sort de scène. La salle applaudit à tout rompre devant cette incroyable performance de comédien mais il ne revient pas, ne salue pas, ne veut pas rompre le pacte avec Artaud. Revenir devant nous en acteur, accepter les compliments de nos applaudissements, est impossible. Qui, alors, resterait avec Artaud ? Cric crac. Le poète calciné se lève. La voix qui a éructé à travers ses poumons et sa gorge n'a plus besoin de lui, elle le laisse épuisé et se retire. À cet instant, tandis que quelques applaudissements polis montent de la salle, il doit bien sentir qu'il en a fini avec sa vie, fini avec ses amis, avec la poésie même. Il descend de scène, entre dans le local technique du Vieux-Colombier qui donne sur un petit jardin, exactement à l'endroit où Clévenot fume une cigarette en écoutant au loin le tonnerre d'applaudissements. Ils sont tous les deux ensemble. Tous les deux épuisés par cette éructation, “… *Toute l'insolente racaille / de tous les empafrés d'étrons / qui n'eurent pas d'autre boustifaille / pour vivre / que de bouffer / Artaud / Mômo…* ” Tout est fini. Cette conférence ne met Artaud à l'abri d'aucune de ses blessures. Et Clévenot, peut-être, pleure sur cette certitude tandis que le poète, déjà, se dérobe par la petite porte et disparaît. Il ne lui reste plus qu'à durer. Alors il erre pour le restant de la nuit dans Paris, de l'exacte façon dont erre aujourd'hui l'ombre du parvis : prisonnier d'une nuit qui s'ouvre et ne se referme pas, dans ce piège de solitude dont les vivants sont absents. Folie, folie… La ville s'emplit d'ombres. Elles sont bancales, trouées, se sentent désarmées face à la brutalité des regards. Folie… Ayez pitié d'eux car il y a, dans le dessin de leur geste, dans la brûlure qu'ils ont au fond des yeux, une vérité nue qui touche aux grands mystères.

Je chasse la raison. Je chasse l'intelligence et tout ce qui nous sert d'ordinaire à appréhender le monde. Il faut accepter de plonger plus nu que cela dans la pâte des choses. Un monde bouge autour de moi et c'est celui de la présence. Les ombres apparaissent, appellent, me passent à travers, cherchent à me retenir pour déposer un peu de ce qu'elles furent. Les murs de Paris bougent. Je ne sais plus ce qui est en moi et ce qui est en dehors de moi. Il faut accepter de parler avec le ventre, de recevoir avec les muscles, les tripes, de se laisser ébranler au cœur. Tout me traverse. Nous avons tant oublié à regarder avec nos mains, à toucher le monde avec nos âmes. Nous avons tant oublié et tant perdu. Les oracles ont été moqués puis révoqués. Les esprits ont été chassés. La beauté n'a jamais été fille de raison. Mensonge. Je sens bouger tout ce qui fut amputé. Le monde est plus opaque et étrange que cela. La folie d'Artaud le savait. La phrase carambolée de Rimbaud aussi. Le monde jaillit, il ne se comprend pas. Il va trop vite. Il faut juste le recevoir. Beauté, confusion intense de tout ce qui vit et se monte dessus avec une harmonie sauvage.

Je ne resterai pas. Je vais partir et fermer la nuit. Je laisse Artaud disparaître. Quelque chose doit être posé sur les ombres qui me parcourent : une caresse, un linceul. Raconter ce qu'elles sont, ce qu'elles ont été, pour qu'elles sachent qu'elles sont comptées et qu'elles peuvent s'éloigner, mais je ne peux pas rester parmi elles, même si elles s'agrippent à moi, cherchent à me tirer par le bras. Elles veulent de la consolation mais je ne sais pas où en trouver. Qu'est-ce qui les consolera de n'être plus ? Qu'est-ce qui consolera Artaud d'avoir eu l'esprit calciné par les électrochocs et mon père d'être tombé ? Qu'est-ce qui consolera les morts du boulevard Saint-Michel de n'avoir pas connu leur ville libérée ? Il faut que la nuit accepte de céder son tour au jour. Et que les vivants, à nouveau, battent le pavé, sans quoi je vais rester là, moi aussi, dans cette heure qui s'étire et devient torture.

VIII

Dernière marche. Je le dis à voix haute. Dernière marche. C'est moi qui parle, maintenant. L'ombre me devance sur le boulevard de Sébastopol. J'accepte encore de la suivre, mais plus pour longtemps. Dernière marche pour tous ceux qui ont pris place en mon esprit. Je veux partir, que le jour se lève, et avec lui, le bruit et la cohue des vivants. Dernière marche. Tout est immobile. Aucune voiture ne roule plus sur le boulevard. La gare de l'Est semble nous attendre pour ouvrir ses portes. L'ombre est loin devant. Chaque fois que je dis "Dernière marche", elle accélère comme si elle voulait mettre le plus de distance possible entre elle et moi. Elle pousse des cris, pas de douleur, non, plutôt de grands "Ah !" comme pour s'éclaircir la voix, ouvrir le chemin et marquer sa présence. À moins que ce ne soit parce qu'elle sait que je la suis et qu'elle ne veut pas me perdre ?…

Paris aime les gares, comme un aveugle aime celui venu de loin qui lui parle de terres qu'il ne verra pas. Sept gares comme sept portes à avaler le monde. Sept gares à foule par lesquelles fuir lorsqu'il faut tout quitter. Paris aime le bruit des wagons, les annonces de retard ou de changement de quai, les regards perdus de tous ceux qui se croisent mais ne se voient pas. Paris et ses sept gares, filles de l'acier, du charbon et des foules pressées. Carrefours affairés où tout converge. Sept gares et des milliers d'annonces, de crissements de roue, de sifflets. Paris à tous les vents et où tout se mêle : le désir et l'épuisement, le rêve et l'ennui. Je suis devant la gare de l'Est. On dirait que tout a été déserté en hâte. Les panneaux d'affichage annoncent des trains qui n'arriveront que demain, mais qui sait si demain viendra ? J'ai le sentiment de traverser une grande cathédrale du voyage. Partir. Paris le dit par tous ses quais, toutes ses grandes structures de verre. Partir. C'est ce que je vais faire. Mais avant, il faut prendre soin des voix qui tournent, de toutes ces vies oubliées qui ne sont plus que des noms gravés sur le marbre, et ensuite, je fermerai la nuit.

"De terre vint, en terre tourne." Je me remémore ce vers de Villon. Le cycle de la poussière et du repos. La poignée de terre pour calmer les morts parce qu'ils en ont besoin pour fermer

leurs yeux. Mais comme c'est long, parfois, d'attendre la terre. Je me souviens de ce temps qui a suivi la mort de mon père. Son corps ne nous avait pas été rendu. Il était à l'institut médicolégal pour autopsie. Les jours passaient avec lenteur. Plus rien n'était possible, ni les pleurs ni la tristesse. Jamais le cri d'Antigone qui réclame que le corps de son frère soit recouvert de terre ne m'a été aussi proche. Je me souviens de ce besoin impérieux que le corps nous soit remis, que l'on puisse en prendre soin, préparer la cérémonie d'adieu, déposer de la terre sur la dépouille. *"De terre vint, en terre tourne."* Il a fallu du temps pour que son corps nous revienne et que Montparnasse l'accueille à nouveau. La terre, aujourd'hui, ce sont mes mots, et je les jette doucement sur les âmes tourmentées.

J'avance dans le hall de la gare. Je le traverse dans toute sa longueur. Arrivé à la sortie de l'aile ouest, je retrouve ce monument que je connais. Le mur est couvert de plaques à la mémoire des cheminots morts pour la France. Une longue liste et, dans un renfoncement, derrière une grille, une sorte d'alcôve où il est écrit que deux cousins, André Dupont et André Faucher, tous les deux âgés de vingt ans, ont été fusillés le long des quais le 22 août 1944. J'essaie d'imaginer les deux jeunes gens qui partagent un même prénom. Je sais que ce sont les derniers à qui je penserai cette nuit. Ils travaillent tous les deux gare de l'Est, sont tous les deux dans la Résistance. Ils ont vingt ans et sentent que l'heure de la rage et de la fierté approche. Je ne sais rien d'eux. Je ne connais que leur jeunesse et ce lien qui les lie : cousins, c'est-à-dire plus qu'amis et moins que frères, liés par des souvenirs de dimanches partagés, de repas de famille assis côte à côte, de rivalité d'enfants et de jeux interminables. Ils ont sûrement accueilli l'insurrection de Paris avec joie et excitation. Ils veulent en être, devenir héros ensemble. Je les vois, les deux cousins, en ces jours où tout est suspendu, essayant de se projeter dans une ville sans occupant, quand il fera bon vivre à nouveau, qu'on pourra voler du temps à la terrasse des cafés en homme libre, riant fort, arborant fièrement le brassard des FFI que pour l'instant ils cachent sous une latte du parquet mais qu'ils porteront dès qu'ils le pourront, parce que c'est infaillible pour les filles et qu'ils ont bien le droit de crâner un peu à vingt ans, avec leur visage de vie, leur appétit un peu maladroit, leurs rêves de bravoure. Je ne les connais pas mais je les vois. Et puis d'un seul coup, à quelques jours de la Libération, leur sourire leur est arraché. Ont-ils le temps de se battre ? Peuvent-ils faire ces gestes qu'ils ont tant répétés, auxquels ils ont tant rêvé : viser, tirer, courir ? Connaissent-ils le combat, face à l'ennemi, armes au poing ? Je voudrais pouvoir me dire que oui, qu'ils sont faits prisonniers après avoir tiré sur des soldats ou fait sauter un char dans les rues de la capitale, mais je ne sais rien, si ce n'est qu'on les prend et les met en joue. Ils sont fusillés le long de ces quais où ils travaillaient. Leurs corps ne seront retrouvés que quelques jours plus tard, dans les égouts. André Dupont et André Faucher. Est-ce que mon grand-père Aimé les a connus ? Lui et son frère Marius étaient tous les deux cheminots sur la ligne Paris-Bâle. Ils avaient une vingtaine d'années de plus mais ils travaillaient dans cette gare, eux aussi. Est-il possible qu'ils les aient croisés avant leur arrestation ? Ou du moins, qu'ils aient entendu parler de cette exécution ? Lorsque les corps ont été retrouvés, il y a peut-être eu une cérémonie réunissant les cheminots du réseau. Paris se libère et on retrouve les corps des deux jeunes gens aux égouts. J'imagine le cri des parents, leur détresse profonde dans une ville où tout est en liesse. Paris fête sa victoire mais à eux, il ne reste que des larmes. *"De terre vint, en terre tourne."* Antigone crie à nouveau. Elle pleure sur ces deux jeunes hommes jetés dans la fange avec leurs vingt ans et leur sourire timide, jetés comme des détritus malgré leur courage. Ils ne verront pas Paris libérée. André Dupont et André Faucher, cousins au même destin. Même bouille qui hésite entre l'enfance et l'âge adulte. Même corps athlétique qui aurait dû faire tourner la tête des filles. Mais rien n'a tourné d'autre que leurs corps au moment de s'effondrer. Il n'y a eu pour eux que le peloton et l'outrage. Antigone crie parce que leurs meurtriers les ont salis en les tuant à la va-vite. Ils ont escamoté leur exécution et se sont débarrassés des dépouilles avec honte. Les assassins savaient probablement que la mort de ces deux garçons ne changerait rien, ne suffirait pas à inverser le cours des choses et à les préserver de la défaite. Mais ils ont tiré tout de même. Par habitude. Ne sachant que faire d'autre. Ou par plaisir. Pour châtier ceux qui allaient gagner, leur faire mal jusqu'au bout. Et tant pis si cela n'a pas de sens. Tant pis si ce sont deux jeunes gens de vingt ans qu'on immole. L'affront brûle autant que le meurtre et Antigone n'en finit plus de crier sur cette jeunesse saccagée.

L'ombre m'attend, tout au bout de la gare, sur le seuil de l'entrée latérale. Je fais quelques pas vers elle. Lorsque nous sommes dehors, elle prend le petit escalier qui mène à la rue d'Alsace, balcon dominant les voies d'où l'on perçoit la rumeur des départs. Petit sommet du monde d'où les annonces parviennent étouffées et font une indistincte rumeur de voyage. Le jour va se lever. Doucement, l'homme que je n'ai pas cessé de suivre se tourne vers moi. C'est la première fois qu'il me regarde ainsi, vraiment, et je crois lire dans ses yeux une sorte de reconnaissance. "Finie la nuit" dit-il à voix basse. Sans tristesse. Sans véhémence. Comme un homme, simplement, qui viendrait dire que tout s'achève. Finies, la nuit et notre course. Puis, il relève la tête et, avec un léger sourire, glisse tout bas : "Encore… Encore…" et, sans que je sache si cela signifie que tout recommencera demain ou s'il m'enjoint de le quitter pour vivre, il répète plus fort : "Encore, la vie !" Je sais que c'est d'ici qu'il part chaque soir pour aller dans une des sept gares de Paris essayer d'attraper un passant, l'arrêter, et avec lui, le temps d'une promenade, faire revivre les milliers de vies effacées. Je sais qu'il retourne les morts de Paris pour que rien ne soit oublié. Mais il y a trop à dire et sa tâche est sans fin. J'ai fait ma part, cette nuit. D'autres continueront demain, dans d'autres rues, pour évoquer d'autres passés. Mille vies à compter, à consoler. Je m'arrête ici mais je continuerai. À travers l'écriture. Mille vies me traversent et je leur prêterai mes mots. L'homme me regarde avec une sorte d'éclat nouveau. Je le connais, maintenant. Je sais que c'est ici qu'il revient chaque matin, lorsque les premières lueurs du jour font scintiller l'ardoise des toits. Il vient contempler la gare de l'Est qui se réveille, les gens pressés, chargés de valises, de sacs et de projets. C'est ce que je ferais, moi, si j'étais resté avec lui, si j'avais décidé de me soustraire au temps et d'être, comme lui, l'habitant des minutes immobiles. "Encore, la vie !" Il le dit et je comprends ce que cela signifie pour moi.

Je dois laisser s'évanouir mon père et tous ceux auxquels je viens de penser. "Encore, la vie !..." Je les prends, ces mots, ce sont ceux qu'il me donne au moment de me quitter et c'est avec eux que je vais marcher désormais.

IX

Paris s'apaise. Mon père est tout près, je le sens. Je retrouve son odeur, le grain de sa voix, tous ces détails que la mort nous vole. Je vais devoir le laisser partir à nouveau mais je l'ai ramené au présent. Il a marché sur mes épaules, déambulé dans les rues de cette ville qu'il nous a offerte, à mon frère et moi. C'est le rêve qu'ils ont eu, avec ma mère : offrir Paris à leurs enfants. Que tout commence ici. Alors cette ville est mienne, oui, parce qu'elle m'a été donnée. Et tout ce qui bruisse en elle, la clameur du passé, le fracas, les révoltes, les foules pressées, le pas hésitant des poètes, les solitudes côte à côte et les grands espoirs de foules, sont miens. Je prends tout. Je retrouve Paris. Et je sens mon père sourire avec douceur, heureux de voir que tout continue au-delà de lui.

Il me semble avoir traversé des siècles. Je vais retourner à ce que je suis, poursuivre mon chemin. La vie est courte. Tant de choses sont déjà derrière moi, tant de choses qui ne reviendront pas. Qui nous consolera de ce que nous perdons ? Qui nous consolera de marcher au milieu d'une foule qui s'étiole ? De tous ces destins passés qui moururent trop jeunes, sans pouvoir aller au bout de ce qu'ils étaient ?… Est-ce que l'ombre n'était là que pour me rappeler tout ce qui n'est plus ? Je ne suis pas comme lui. Je sens que cela bouge encore en moi. Je veux continuer. Reprendre pied. J'ai faim. Encore et encore. Et cet appétit tiendra éloignés de moi les tourments. Une seule chose nous sauve, c'est l'intensité. Il n'y a qu'elle à opposer à la fragilité de nos existences. Vivre. Vivre avec densité. Comme une course à n'avoir pas le temps de tout embrasser.

Écoute. C'est à toi que je reviens. Je suis né une première fois à Paris, dans cette ville que mes parents m'offraient. Puis, je suis né une seconde fois, sur tes lèvres, je m'en souviens, dans la cour de l'hôtel de Sully, par une fin d'après-midi de juillet où tout était beau, où la vie s'ouvrait avec des gestes lents comme des sourires de bienvenue. Sur tes lèvres, où je déposais mes angoisses de jeune homme et où je prenais les tiennes. Nous avons décidé de les mêler pour les faire disparaître et il n'y avait plus rien que nous. Paris pouvait tourner, les gens aller et venir de la rue de Rivoli à la place des Vosges, nous étions immobiles, pressentant que nous venions de trouver dans cet amour un appui qui nous permettrait de faire tourner le monde. Je suis né là, avec toi. Et tout, depuis – les écrits, les voyages, les nuits passées à chercher des mots justes sur des pages hésitantes –, tout est adossé à ce moment solide où mes lèvres se sont posées sur les tiennes. Te souviens-tu ? Paris est devenue notre territoire, de la porte de Vanves à la rue d'Assas, des murs de la rue Saint-Guillaume sur lesquels j'écrivais ton prénom à la passerelle des Arts où nous avons bu avant de jeter nos verres dans la Seine. Tout était à nous. Et plus tard, encore, l'envie de dormir, partout, à Paris, avec toi. T'en souviens-tu ? Naître chaque matin sous des ciels sans cesse nouveaux et toujours semblables. Un hôtel à Montmartre. Le silence provincial de la rue du Pré-aux-Clercs. Cette chambre ouverte sur le Panthéon dans l'hôtel où Breton et Soupault écrivirent *Les Champs magnétiques*, ou cet autre, devant l'église Saint-Germain-des-Prés dans lequel venait Mahmoud Darwich lorsqu'il était de passage à Paris. Çà et là… Pour connaître chaque rue à chaque heure de la journée, pour avoir des souvenirs dans chaque quartier. Je me souviens de ton corps que je caressais avec une minutieuse attention dans une chambre de bonne si étroite que nos bouches ne pouvaient que se toucher. Écoute. C'est à toi que je reviens. J'ai laissé l'ombre. La nuit s'efface. Il y a une vie qui m'attend et tu la tiens dans la paume de ta main.

Paris se lève. Le jour qui est à vivre aura ton nom. Je vais le presser, le boire, le savourer tout entier. Les bruits de la ville ne vont plus tarder à monter. Déjà, les premiers véhicules apparaissent. Le brouhaha épais de la vie revient, ce bourdonnement d'existences qui fait tout éclore. Le temps, à nouveau, fait tourner les aiguilles. Tout passera si vite, comme avant. Je vais retrouver le vertige d'une existence qui file entre les doigts, mais tu es là. C'est vers toi que je reviens. Il y a cela qui nous réconcilie de tout : le pari que nous avons fait de l'amour. Pour qu'il y ait une chose solide dans tout ce qui passe et s'étiole, une chose solide : ton regard et le mien. Cela suffit. Paris est notre grand terrain d'amour. Une ville entière pour se chercher, se découvrir, se caresser. Une ville entière où je t'ai donné rendez-vous, où je t'ai attendue dans des cafés, à l'angle de certaines avenues, une vie entière de promenades, de saisons passées puis revenues, de couleurs nouvelles. Il y a tes lèvres sur les miennes qui suffisent à faire tourner le monde. Et ton regard qui me fait écrire. J'ai passé ma vie à chercher qui je suis, à convoquer mille personnages lointains pour me montrer à travers eux. J'ai pris des trains, parcouru des milliers de kilomètres. Course de vivre. Appétit de géant à opposer aux fatigues. Je veux un festin. Toujours nouveau, toujours recommencé. Faire venir le tumulte dans lequel on se perd, dans lequel seuls les amants se retrouvent. À nous ! À nous les discussions sincères et la chaleur des corps. À nous Paris qui s'oublie et se laisse envelopper par la douceur d'un soir de juillet. À nous le festin de l'esprit et la belle liberté. À nous ! Même si cela va trop vite, même si tant ont déjà disparu, à nous, pour ne pas mourir vides.

Maintenant, je redescends le boulevard de Sébastopol et reviens sur mes pas. Longue traversée de Paris, mais dans l'autre sens, du nord au sud. Est-ce que Paris se souviendra de moi ? Je marche. Le ciel s'éclaircit doucement. Je sais que la nuit va finir. Je serai bientôt sur l'île de la Cité. Je saluerai, à droite, la Préfecture que les insurgés de 1944 ont prise au petit matin. Je verrai, au loin, la fontaine Saint-Michel. Au moment de traverser la Seine, je le sais, je me dirai : “Je suis chez moi.” Mon regard s'attardera sur les terrasses de cafés, caressera les garçons aux mines encore endormies qui installent leurs tables avec lenteur. Tout sera doux et je pourrai fermer la nuit.

X

Nous avons inventé l'immortalité et elle fait un doux bruit de papier. Les mots se transmettent de siècle en siècle. L'éternité est là : dans chacun des livres que nous ouvrons. Tout est intact. Sur les pages que nous parcourons des yeux, nous retrouvons la voix exacte du passé. Tout ce qui semblait fragile, voué à un oubli certain, la description d'une sensation fugace ou d'un paysage changeant, tout cela est gravé. Alors, oui, je retourne aux mots. J'ai peuplé ma vie avec eux.

Je suis un homme d'histoires. J'ai aimé. J'ai tué. J'ai pillé. J'ai brûlé des villes, pris pour épouses des femmes que j'avais soumises. J'ai mis le feu à des terres que j'admirais et j'ai été triste de ces saccages tout en les ordonnant, me condamnant moi-même à la solitude pour mille ans. J'ai été lâche et courageux. Lorsque j'étais fatigué d'être seul, j'ai recherché le vacarme des hommes mais c'était même noyade. J'ai erré sur des routes qui n'en finissaient pas. J'ai parlé aux cailloux qui me regardaient. J'ai vu des ouragans s'approcher, assombrir le ciel, ralentir les minutes puis s'abattre sur moi, et j'ai tenu. La terre parfois a dansé, s'est crevassée de partout et a fini par ouvrir sa bouche d'un grand appétit d'hécatombe. Tout cela, j'en ai fait des histoires. J'ai plongé mille fois dans les tourments de l'âme et c'était toujours avec ivresse.

"Qui es-tu, toi ?" Je fais résonner une dernière fois la question en moi mais je sais y répondre, maintenant. Je suis nombreux. Homme, femme, vieillard et enfant à la fois. Tous se pressent en moi parce que je suis vaste comme une terre qui attend sa foule. Est-ce que tout cela n'est rien ? Je suis un homme dans le dos des autres. Je calque mes mouvements sur les leurs. Épouser leurs gestes, trouver le même rythme, la même pulsation, pour mieux faire retentir leurs voix. Est-ce que tout cela n'est rien ? Oh si, je le sais, j'ai été changé par toutes ces descentes dans le grondement du monde, par toutes ces plongées dans le bouillonnement des âmes. J'ai été changé parce que j'ai appris de tous ces mots criés ou murmurés, de tous ces combats contre le malheur qui n'étaient pas les miens mais que j'ai partagés, de toutes ces femmes debout défiant le vent, j'ai appris. Au fil du temps, j'ai vu croître en moi un peuple entier. Et je suis aujourd'hui comme un empereur étonné qui, après avoir constitué son armée, la passe en revue et constate avec stupeur que tous ces visages si différents, toutes ces trognes de guerriers venus de peuples lointains, sont finalement la plus parfaite image de son propre portrait. Je porte en moi tant de mondes. Et j'en attends encore. Ils sont là, parlent en même temps, se serrent les uns les autres. Il en vient toujours plus et c'est heureux. Mille vies. Oui. Mille vies. Et la mienne, pour essayer de toutes les raconter.

Je sais que le temps me manquera. Peu importe. Vivre ainsi et mourir d'épuisement, cela me va. Paris est ma table de travail, j'y déverse mes sacs remplis de souvenirs. Je suis un pilleur : je pars, ramasse ce que je peux et reviens. Je m'approche toujours plus près des vies, des foules, pour tout prendre. Remplir mes paniers, accumuler les sensations, les impressions, les récits, la vigueur des instants, et une fois revenu, tout sortir de mes poches, tout étaler sur la table devant moi. Et pour que ces heures-là ne soient pas celles d'un laborieux décompte, pour qu'elles ne soient pas uniquement des heures de lente retranscription, de patients comptes rendus où mon esprit finirait par bâiller, j'y invite l'imagination. Et alors tout s'anime à nouveau et revit.

Encore… Je marcherai encore… Plus rien ne peut m'arrêter. Le jour s'est levé. L'ombre n'est plus devant moi. Je sais que tout va finir, que la mort me prendra un jour, tandis que j'aurai encore mille projets, que mes mains auront encore mille envies de t'enlacer. Il me vient à pleurer si j'y pense. Hier est perdu, aujourd'hui, déjà, s'éclipse mais je connais les mots qui me consolent et je vais les dire. Au moment de quitter cette longue nuit d'errance, il y a ces derniers mots que je vais glisser tout bas. J'attendrai d'être arrivé en haut du boulevard Saint-Michel, d'avoir contemplé longtemps le Val-de-Grâce en contrebas – comme la lumière est douce lorsqu'elle enveloppe la coupole… J'attendrai de longer les grilles du petit Luxembourg, de saluer la fontaine Carpeaux et ses tortues qui éclaboussent depuis mon enfance les pieds des femmes colosses. J'attendrai de revoir tous ces lieux que j'aime, où j'ai passé du temps à chaque âge de ma vie, et lorsque je verrai enfin la statue du maréchal Ney – grand fou aux mille victoires qui n'ont servi à rien, grand fou qui brandit sa démence et défie les passants, sabre au clair –, je prononcerai cette phrase : "C'est à cause que tout doit finir que tout est si beau." Ramuz sourira avec moi. C'est la seule phrase qui me console. Elle est si simple mais elle apaise en moi tant de tourments…

La nuit est loin. Le jour revient et je suis en vie, en grand appel de vie. Il est temps de se fondre parmi ceux qui m'entourent. Je disparais dans mon époque, dans la petite course de mon existence, au milieu de cette ville qui voit se presser tant de destins. Je dis adieu à tous mes personnages, ceux que j'ai croisés, ceux qui ont existé, ceux que j'ai lus, ceux que j'ai inventés, ceux qui sont morts et ceux qu'il me sera encore donné de côtoyer, je ne fais plus de distinction entre les uns et les autres, ils sont mon peuple mélangé. Je leur dis adieu, non pas que je les quitte – jamais je ne serai fait d'autre chose que d'eux – mais le temps long où ils ont eu tout loisir de se déployer en moi s'achève. Je reviens à la vie. La foule m'entoure, de plus en plus dense. Paris marche et court. Paris va bientôt se mettre à crier, à fumer, à klaxonner et je vais me fondre en elle, n'être plus qu'un parmi tant d'autres. J'irai te retrouver. Pour respirer ton parfum et me perdre dans le creux de ton cou. À moins qu'une gare ne m'appelle. Alors, je disparaîtrai à nouveau dans une foule pressée. Mille vies. Que j'embrasserai, caresserai du regard, contemplerai. Mille vies jusqu'à l'instant de mourir. Et lorsque ce sera l'heure, sur ce pavé que j'aime ou ailleurs, vieillard repu d'avoir tant vécu ou homme pris dans la force de l'âge, j'espère qu'il me sera donné de la prononcer à nouveau, cette phrase, pour qu'elle éloigne de moi la peur, qu'elle m'emplisse d'un sentiment profond de quiétude, j'espère, oui, que me sera donné le temps de reconvoquer en moi la beauté de tout ce que j'ai traversé, et de la dire avec un sourire serein : "C'est à cause que tout doit finir que tout est si beau."

NOTES

p. 12 et 13 : in *Onysos le Furieux*, Laurent Gaudé, Actes Sud-Papiers, 2000.

p. 21 : cité dans “Frankétienne, un artiste au service de la langue haïtienne”, Gilles Biassette, *La Croix*, 4 novembre 2014.

p. 34 et 35 : in “Épitaphe Villon” in *Poésies complètes*, François Villon, Le Livre de Poche, 1985.

p. 43 et 44 : in *Codicille du 31 août 1881*, Victor Hugo, Archives nationales, MC, ET LXXXIX/1748.

p. 65 : in “Histoire vécue d’Artaud-Mômo” in *Œuvres complètes* tome XXVI, Antonin Artaud, Gallimard, 1994.

p. 66 : in “Le retour d’Artaud le Mômo” in *Artaud le Mômo*, Antonin Artaud, Bordas, 1947.

p. 71 : in “Le testament”, in *Poésies complètes*, François Villon, Le Livre de Poche, 1985.

p. 86 : in *Adieu à beaucoup de personnages*, Ferdinand Ramuz, Mermod, 1947.

DU MÊME AUTEUR

Romans

CRIS, Actes Sud, 2001 ; "Les Inépuisables", 2014 ; "Les Ateliers d'Actes Sud", 2021 ; Babel n° 613.

LA MORT DU ROI TSONGOR (prix Goncourt des lycéens, prix des Libraires), Actes Sud, 2002 ; "Les Ateliers d'Actes Sud", 2023 ; Babel n° 667.

LE SOLEIL DES SCORTA (prix Goncourt), Actes Sud, 2004 ; Babel n° 734.

ELDORADO, Actes Sud, 2006 ; "Les Ateliers d'Actes Sud", 2021 ; Babel n° 842.

LA PORTE DES ENFERS, Actes Sud, 2008 ; Babel n° 1015.

OURAGAN, Actes Sud, 2010 ; Babel n° 1124.

POUR SEUL CORTÈGE, Actes Sud, 2012 ; Babel n° 1260.

DANSER LES OMBRES, Actes Sud, 2015 ; Babel n° 1401.

ÉCOUTEZ NOS DÉFAITES, Actes Sud, 2016 ; Babel n° 1560.

SALINA. LES TROIS EXILS (grand prix du Roman métis, prix du Roman métis des lecteurs), Actes Sud, 2018 ; Actes Sud audio (lu par Guillaume Gallienne), 2019 ; "Les Ateliers d'Actes Sud", 2022 ; Babel n° 1712.

PARIS, MILLE VIES (prix Castel du Roman la Nuit), Actes Sud, 2020 ; Babel n° 1904.

CHIEN 51 (prix des Écrivains du Sud, roman français préféré des libraires du palmarès *Livres Hebdo*, prix Imaginales des bibliothécaires), Actes Sud, 2022 ; Actes Sud audio (lu par Jacques Bonnaffé, prix du livre audio France Culture / Lire dans le noir), 2022.

Théâtre

ONYSOS LE FURIEUX, Théâtre ouvert, 1997 ; Actes Sud-Papiers, 2000 ; Babel n° 1287.

PLUIE DE CENDRES, Théâtre ouvert, 1998 ; Actes Sud-Papiers, 2001.

COMBATS DE POSSÉDÉS, Actes Sud-Papiers, 1999.
CENDRES SUR LES MAINS, Actes Sud-Papiers, 2002 ; Babel n° 1547.
LE TIGRE BLEU DE L'EUPHRATE, Actes Sud-Papiers, 2002 ; Babel n° 1287.
SALINA, Actes Sud-Papiers, 2003.
MÉDÉE KALI, Actes Sud-Papiers, 2003 ; Babel n° 1621 (prix *Transfuge* du meilleur livre de poche).
LES SACRIFIÉES, Actes Sud-Papiers, 2004.
SOFIA DOULEUR, Actes Sud-Papiers, 2008 ; Babel n° 1547.
SODOME, MA DOUCE, Actes Sud-Papiers, 2009 ; Babel n° 1621 (prix *Transfuge* du meilleur livre de poche).
MILLE ORPHELINS suivi de *LES ENFANTS FLEUVE*, Actes Sud-Papiers, 2011.
CAILLASSES, Actes Sud-Papiers, 2012.
DARAL SHAGA suivi de *MAUDITS LES INNOCENTS*, Actes Sud-Papiers, 2014.
DANSE, MOROB, Actes Sud-Papiers, 2016.
ET LES COLOSSES TOMBERONT, Actes Sud-Papiers, 2018.
LA DERNIÈRE NUIT DU MONDE, Actes Sud-Papiers, 2021.
GRAND MENTEUR, Actes Sud-Papiers, coll. "Au singulier", 2022 ; Actes Sud audio (lu par Dominique Reymond, Maria de Meideros et Pierre-François Garel), 2022.

Nouvelles

DANS LA NUIT MOZAMBIQUE, Actes Sud, 2007 ; Babel n° 902.
LES OLIVIERS DU NÉGUS, Actes Sud, 2011 ; Babel n° 1154.

Poésie

DE SANG ET DE LUMIÈRE, Actes Sud, 2017 ; Babel n° 1655.
NOUS, L'EUROPE. BANQUET DES PEUPLES, Actes Sud, 2019 ; "Les Ateliers d'Actes Sud", 2022 ; Babel n° 1776.

Littérature jeunesse (album)

LA TRIBU DE MALGOUMI, Actes Sud Junior, 2008.
LULU ET LE MACABOUC, Actes Sud Junior, 2023.

Beau livre

JE SUIS LE CHIEN PITIÉ (photographies d'Oan Kim), Actes Sud, 2009.

OUVRAGE RÉALISÉ
PAR L'ATELIER GRAPHIQUE ACTES SUD
ACHEVÉ D'IMPRIMER
EN SEPTEMBRE 2023
PAR NORMANDIE ROTO IMPRESSION S.A.S.
À LONRAI
POUR LE COMPTE DES ÉDITIONS
ACTES SUD
LE MÉJAN
PLACE NINA-BERBEROVA
13200 ARLES.

DÉPÔT LÉGAL
1re ÉDITION : OCTOBRE 2023
N° impr. : 2303034
(Imprimé en France)